AF280179

JOACHIM OTTO

...wenn du so wärst wie deine Briefe!

Eine Partnersuchanzeige löst einen
aufregenden Kick aus,
der sich vom tastenden „Who is who"
bis hin zur erotisch
knisternden Briefromanze steigert.

Joachim Otto
Im Mais 3 · 71636 Ludwigsburg
Telefon und Fax: 07141 - 46 45 68

Erste Auflage: Juni 2002, Ludwigsburg
Herstellung: Books on Demand GmbH, Norderstedt
Alle Rechte beim Autor Joachim Otto
Im Buchhandel erhältlich.

Umschlaggestaltung:
Peter Niehaves · Marbach a.N.
Seitenaufbau/Umbruch:
Max Schütz · Bietigheim-Bissingen.

ISBN 3-8311-2869-3

Für

Angela, Aniela, Martin,
Stephanie, Matthias
und in steter Erinnerung
an meine liebe Mutter.

Quellen: Auszüge mit freundlicher Genehmigung

© Annette Ayasse: „Ich bin süchtig nach den Momenten" Ch-8142 Uitikon, Schlierenstr.17

© Gerhard Burzan: „Wege, die ich ging." Peter Valentin Verlag, Ludwigsburg

© Hermann Hesse Lesebuch: "Klingsor an Edith" im Suhrkamp Verlag, Frankfurt a.M.

© Joachim Otto: „Dorasa heißt sie..." und "Beziehungen", Ludwigsburg

© Kurt Tucholsky: „Sehnsucht nach der Sehnsucht" aus: Kurt Tucholsky, Gesammelte Werke

Copyright © 1960 by Rowohlt Verlag GmbH, Reinbek bei Hamburg

Herzlichen Dank!

Meiner Frau Angela und meiner Tochter Aniela für ihre erneut erwiesene Geduld, meinen zeitweiligen Ausnahmezustand, oft wie abwesend am PC zu sitzen, zu akzeptieren.

Peter Niehaves und Max Schütz haben das geschaffen, was ich mir im Vorfeld nicht hätte träumen lassen. Als Autor habe ich das gestalterische Element Fachleuten überlassen, die trotz Computergrafik, das Gespür haben, mit Typografie und Bild einfühlsam umzugehen. Herr Niehaves löste zusätzliche dramaturgische Impulse aus.

Alexandra Lorenz versuchte die neue und alte Rechtschreibung zu vereinen.

Gerhard Burzan las mit großer Anteilnahme mein erstes Manuskript. Er war gerne bereit, einen Auszug aus seinem Buch: „Wege, die ich ging" über das Briefe schreiben zu genehmigen.

Books on Demand gewährleistete eine gute und reibungslose Objektbetreuung.

Es hat allen Beteiligten Freude gemacht.

Liebe Leserin, lieber Leser,

erstaunlich ist, dass der Weg, über eine Anzeige einen Partner zu finden, immer noch und trotz Internet aktuell ist und intensiv genutzt wird. In nahezu jedem Wochenblatt, in Fernsehillustrierten und in größeren Wochenzeitungen tauchen sie Seitenweise auf: Partnersuchanzeigen aller Art. (Jetzt auch mit E-Mail-Adresse oder Tele-Chiffre)

Damals nur mit einer Chiffre-Nummer. Die Kolumnen beziehen sich auf vielschichtige Bedürfnisse wie "HEIRATEN", "Zusammenleben", "Bekanntschaften" und auf viele Rubriken mehr. Die einen geben eine "Suchmeldung" auf, fragen "Lust auf ein glückliches Leben mit mir?", schmücken sich literarisch wie ein Pegasus mit Heine, Hesse, Nestroy und Rilke. Oder sehnsuchtsvoll: "Der Mann, von dem ich träume...", "Auf der Suche nach dem Glück zu zweit", "Hallo, Traumfrau, gibt es Dich echt?" und immer wieder ähnliche, manchmal ganz neue Formulierungen.

Und doch gibt es niemand zu. Die/der eine Anzeige aufgibt und die/der auf eine reagiert. Offiziell ist dieser Weg noch immer ziemlich verpönt. Hat Mann / Frau das nötig? Das ist doch nur was für Kontaktscheue, Mauerblümchen und viele andere Schubladen-Typisierungen! Institute betreiben die Suche "wissenschaftlich". Mit System, bei dem keiner lange einsam bleibt. Ein Persönlichkeitsprofil schaltet angeblich grundsätzliche Irrungen aus. Raus aus der Einsamkeit. Hinein in eine belebende Zweisamkeit wie im Bilderbuch, ins Reich der Träume vom Einssein.

Angela Allmendinger, 30 Jahre, Lehrerin, aus München, gab kurz entschlossen und frohen Mutes, aber schon mit etwas Torschlusspanik behaftet, eine Anzeige auf. 21 "Mannsbilder" fühlten sich angesprochen. Einer blieb übrig. Jan Troje. Ausgerechnet aus dem zirka 800 km entfernten Hamburg.

Stellen Sie sich vor, Sie wären Angela Allmendinger oder Jan Troje in diesem Buch. Genießen Sie mit beiden die Vorfreude beim Öffnen des Briefkastens. Der sehnsüchtig erwartete Brief ist endlich da!

Sie nehmen den Antwortbrief mit der anderen Post mit hinein in Ihre Wohnung, setzen sich aufgeregt in den bequemsten Sessel und öffnen ihn hastig. Ein Bild fällt heraus und zum ersten Mal sehen Sie den Schreibenden/die Schreibende und seine/ihre Handschrift.

Lassen Sie sich von Angela und Jan durch ihre Briefe mitnehmen in die Welt der Sehnsüchte, Fragen nach Gott, Partnerschaft, Beruf, Alltag und tausend Gefühlen. Je mehr dabei auch Gegensätzliches auftaucht, wächst der Schmerz mit und die leise Ahnung, dass Worte auf Papier oder durch den Draht (und genauso unpersönlich über E-Mail) von der Realität des Lebens weit entfernt sind.

Ich wünsche Ihnen viel Freude und Nachdenklichkeit. Vielleicht schreiben Sie auch mal Briefe an einen Menschen nicht nur der Liebe wegen. Zum Beispiel an Ihre Eltern. Oder an einen einsamen Verwandten, für den ihre geschriebenen Worte Dank, Anerkennung, Trost und neue Hoffnung bedeuten könnten.

Oder schreiben Sie Ihrem Lebenspartner, obwohl er/sie tagtäglich neben ihnen (her ?) lebt. Gerade dann wird er/sie verblüfft sein, was ein Brief auf dem Nachttisch auszulösen vermag. Schreiben sie ihm/ihr so lange, bis Sie auch eine Antwort auf Ihrem Nachttisch liegen haben. Sie werden staunen, was Sie alles über sich und über Ihren Partner erfahren werden.

Lesen Sie die Briefe von Angela und Jan, je nach eigener Gefühlslage. Allein oder mit verteilten Rollen. Möge es, ohne therapeutische Ansprüche auszulösen, eine wonnige Beglückung für Sie beide sein. Auch wenn Sie an vielen Stellen ganz anders denken und fühlen. Und wenn Sie wollen, schreiben Sie mir mal, wie Sie die Briefe empfunden haben.

Ihr

Joachim Otto

wie ein pflänzchen
durch den teer des lebens...
oder die kraft einer anzeige
in einer anspruchsvollen wochenzeitung,
unter der rubrik: ›**heiraten**‹

Willst Du mit mir flache Steine übers Wasser springen lassen?

Lehrerin, 30/1.67/70, evangelisch, weder flach, noch eckig, weltoffen, arbeits-, kontakt-, und wanderfreudig, reiten, Kanu fahren; will ganz Frau sein und mit Dir am Ufer einer Zweisamkeit ankommen. Du um Ende Dreißig, kein Taufscheinchrist, be(sinnlich), lebenslustig, musisch und am liebsten ganz schön auf der Erde. Ich bin „neu-" in dieser Rubrik und schon jetzt ein bisschen „-gierig", Dir zu begegnen.
Chiffre 12349 an den Verlag.

Das war die Anzeige, die zwei Menschen zuerst brieflich zusammenführte und zueinander sagen ließ, "Wenn du so wärst wie deine Briefe, möchte ich dich auf der Stelle heiraten!"

Lesen Sie nun, was daraus wurde.

Jan Troje
An der Holderbusch 45
23456 Heidingsbüttel bei Hamburg
Telefon: 04023-678944

Sonntag 27. Januar 1985

Hallo, liebe Frau Lehrerin,

mit Ihrer so originellen und doch ernsthaften Anzeige vor einer Woche drücken Sie so viel aus, dass Sie bei mir einen echten »eye-catcher« landeten. Wenn ich hin und wieder diese Riesenzeitung zu lesen versuche, dann schaue ich ganz gern mal die versponnenen Sehnsuchtsanzeigen an, wo die Jeans- und Abendkleid-Frau und aus paritätischen Gründen, auch noch solventen Hintergrund aufweisend, aus dem Nebel des Alltags heraustritt, um ihren Köder "Anzeige" auszuwerfen. So sehr ich darauf bedacht war, mich mal wieder über die "blöden Anzeigenweiber" lustig zu machen, gab Ihre Anzeige meinen unerträglichen Klischees einen Ruck. Fußbremse und Handbremse zugleich! Mein "Rolls Royce", den ich natürlich nicht habe, (mir fehlt die Garage dazu) auf staubigem Schotter, das Geräusch von knirschenden Reifen auf Kieselgestein zum Schloss Ihrer Träume? Sie gehören ganz bestimmt nicht in diese Schublade!!! Und so stehe ich nun vor einem Rätsel. Ob ich es lösen kann und vor allem mit Ihnen? Das ist der Reiz! Sicher auch das schemenhafte Träumen von der Idealfrau, die sich nun offenbaren könnte. Wehe, die ist gut. Die ist klasse! Wenn Sie schon nicht flach ist, dann ist sie hoffentlich auch geistig und körperlich rund? Und nicht kantig und knöchern, sondern ganz einfach insgesamt "lebensrund".
Welch ein romantisches und auch aktives Bild. Vom Steine übers Wasser springen lassen. Gerundete, flache Steine fühlen sich wundervoll in der Hand an. Bei dem Gedanken könnte ich wohl nie aufhören, diese in der Handinnenfläche massierend zu drehen und in Gedanken Ihre Hand zum ersten Mal zu berühren.

Ihre Anzeige hat mich einfach erwischt! Aber ich weiß wirklich noch nicht genau wieso und warum. Ist es zufällig die gemeinsame Sehnsucht, die von dem Bild ausgeht, irgendwo am Ufer eines Sees oder eines dahinfließenden Baches zu stehen, und flache, runde Steine, die wir gemeinsam gefunden haben, übers Wasser flitzen zu lassen? Gemeinsam etwas tun, das uns verbindet, entspannt? Zueinander führt?

Oder ist es auch, Ihr vermutlich "schädliches Alleinsein" beenden zu wollen? Zusammenzugehören, ohne sich gegenseitig zu vereinnahmen? Sie erwecken in mir große und kleine und ganz heimliche Wunschträume! Dass Sie Lehrerin sind, bringt Sie sicherlich zu schnell in meine eigens dafür reservierte Schublade. Andererseits schreiben Sie, eine nichttypische Christin zu sein.

Also eine Außergewöhnliche? Hoffentlich keine Außerirdische? Lieber eine Frau, die mit beiden Beinen auf der Erde steht, wie Sie sich ja auch so einen Vertreter der männlichen Zunft wünschen. Genug der Schwelgerei und der Mutmaßungen!

Sie wollen natürlich wissen, wer ich bin. Soziodemografisch? Psychografisch? Norddeutsche geben sich da erst mal cool. Das heißt, für einen Nordstaatler habe ich hier schon ganz schön gesabbelt.

Ich bin Norddeutscher, atypisch katholisch, (hier im Norden nicht so sehr verbreitet) 39, 1,85, mittelblond, kein Hans Albers mit la paloma ohé. Etwas Weitblick. Bis zum Horizont. Am liebsten darüber hinaus!

Mal ganz förmlich: Gestatten, Jan Troje! Mein Elternhaus steht an der Waterkant. Ich bin weder Lehrer noch Pastor, auch nicht Fernwehkapitän. Ich passe nicht an Bord des Traumschiffes mit der übersinnlichen Titelmelodie. Ich wiederhole mich nicht gern, aber überhole dafür manchmal durch ein unvermutet freches Pedal. Kein Porsche. (Aber so eine sind Sie ja ganz bestimmt auch nicht!). Ich liebe englische und schwedische Autos. Mehr Werbemann als diplomierter Volkswirt. Mich begeistert Wort und Bild. Ich liebe Menschen, die ich nicht manipulieren, eher informieren, aber auch ein wenig seriös verführen kann.

Also kein weißer Riese - und kein 0815 - Texter, der die Clementine waschen lässt. Mit dem dümmlich hämmerndem "Weißer geht' s nicht!"-Slogan. Kurzum: Ich bin Kontakter in einer englisch-deutschen Werbeagentur in Hamburg (wohne aber mit der S- bzw. U-Bahn im Sausetempo etwa 45 Minuten entfernt weiter draußen auf dem Lande).

Mehr darüber nach Bedarf und der Entwicklung unserer vielleicht beginnenden Kontakte. Die zuerst einmal auf Anhieb trennende Entfernungs-Geografie wird uns vielleicht zu Schreibenden machen? Auto? Flugzeug?

Meine Hobbies: Schreiben, Malen, Reiten, Verhaltensforschung, Fotografieren, Schwimmen. Und mehr oder weniger (k)ein Taufscheinchrist.

Manchmal ein Suchender. Was, das können Sie ja mal versuchen heraus zu bekommen! Weil Sie in Ihrer Anzeige betonen, eine Christin zu sein: Jesus Christus ist für mich die faszinierendste Figur vor den berühmt zitierten zweitausend Jahren. Ein Mann, der immer Unerwartetes vollbrachte. Ein Eigenbrötler, mal liebevoll, mal zornig, mal melancholisch. In Bethlehems Stall geboren. Und dann 33 Jahre gelebt. Jedoch: Am Kreuz ist doch keine Karriere zu machen! Oder doch? Gerade das ist ja des Pudels Kern! Erlöser der Welt! Ist ER nicht der ewige Bestseller, seit es Christen in den Katakomben gab? Gäbe es da nicht die sagenumwobene Gewissheit, den Stein des Anstoßes. Er war weggerollt! Ergo muss er doch aufgefahren sein? "Sie Spötter!" sagen Sie? Nein, ganz gewiss nicht. Ich arbeite hier in der Kirche etwas mit.

Ich leite in einem Kinderheim eine kleine Jugendgruppe und spiele mit 8-18 Jährigen Theater. Das ist viel spannender als Nichtpädagoge und Nichterzieher. Und ab und zu betreue ich fünf Pferde, die zur Therapie für behinderte Kinder dem Kinderheim angeschlossen sind.

Vielleicht sind Ihnen meine Zeilen ja jetzt schon zuviel? Daher lade ich Sie herzlich ein, "uns" kennen zu lernen! Wollen Sie? Brauchen Sie gleich ein Bild von mir? Sie sind ja "neu - gierig". Gut, ich wühle gleich mal in meiner Fotopappschachtel - nicht irgendeines. Das könnte, müsste Ihnen gefallen. Auf einem

Pferd in der schleswig-holsteinischen Tundra des Nordens. Oder mehr in Richtung vergrößertes Passbild? Viel zu nah. Also dann doch lieber das Bild auf dem Krabbenkutter im Büsumer Hafen. Kurz vor der Ausfahrt! Leinen los!
Sie in Süddeutschland? Da sollte man erst gar keine Entfernungsliebe beginnen!
Ja, denn man too!

Herzliche Grüße vom Sturmgebrus!

Jan Troje

Angela Allmendinger   Dienstag, den 5. Februar 1985
An der Isar 3
81234 München

Telefonisch gern zu erreichen: 08769-1234, aber nur dienstags, donnerstags und vielleicht noch Sonntagabend.

Am Sonntag, dem 27. Januar auf meine Anzeige so persönlich zu antworten - das hätte ich nie erwartet!

Lieber Herr Troje!

So eine sympathische Zuschrift!! Auch das Bild: ist ja unwiderstehlich! So gefühlsmäßig möchte ich Sie am liebsten sofort kennen lernen! (Übrigens Büsum kenne ich! Sie sehen ja aus wie ein Pirat, stolz vorn an der Reeling.)
Aber bei so einer Sache sind die Gefühle ja nicht das einzig Entscheidende. Ich habe da auch ein paar (selbst)kritische Anfragen, deswegen musste ich auch erst ein paar Mal darüber schlafen - und Sie mussten so lange warten! Zählen Sie mal die vielen Ausrufe - und Fragezeichen. Jetzt schon so viel Begeisterung von mir? Ob Sie das irritiert oder gar abstößt? Ich hoffe nicht.

Solche Zuschriften bekommt "man" nicht alle Tage, und ich habe bisher auch noch keine Anzeige aufgegeben. Gedacht habe ich schon oft daran. Und Kathi, meine Busenfreundin hat über eine Anzeige den Mann fürs Leben gefunden. Erschrecken Sie deshalb nicht gleich. Übrigens nicht nur Sie mussten warten: Mit Ihnen noch 21 andere. Und bei nicht einmal der Hälfte konnte ich eindeutig NEIN sagen! Ich muss daher mehrere Leute, auch Sie, bitten, ganz "kühl und sachlich" ein paar Informationen zu vergleichen und die weiteren Entscheidungen mitzutragen. Persönlichen Kontakt - damit ich Ihnen nichts vormache - habe ich bisher mit einem aufgenommen.

Also ich möchte jetzt aber doch erst mal schreiben, wie sehr ich mich über Ihren Brief gefreut habe! Sie sind wohl auch ein Romantiker? Was mich bei Ihnen beeindruckt, ist Ihre Frische und Fröhlichkeit! Schön, so jemandem zu begegnen! Und das, obwohl Sie sicher so manches schon hinter sich haben!

Ich habe bisher viel Glück und Geborgenheit erlebt: liebevolles Elternhaus, keine Schulprobleme, sehr frühe Berufsentscheidung, zwar erarbeiteter, aber letztlich unverdienter Erfolg im Studium. Sofort eine Stelle. Seit gut ein paar Jahren lebe ich in einem kleinen Dorf, etwa 3 500 Einwohner, idyllisch ab vom Schuss, traumhafte Arbeitsatmosphäre und eine ganz lebendige bayerische Gemeinde dazu!

Hausbibelkreis und Freundeskreis sind fast identisch. Und das mitten im tiefsten Katholenland. Als Protestant hat man/frau es wohl schwerer hier. Aber wir haben doch denselben Christus. Und der war ja weder katholisch noch evangelisch.

Bei uns gibt es noch Nachbarschaftshilfe und gemeinsames Singen und Musizieren. Ich selbst spiele Gitarre, texte manchmal kleine Liedchen dazu. Einfach so aus Freude! Oder aus Einsamkeit? Oder aus Sehnsucht - von der Sie ja auch schreiben. Für die gewissen "Dummheiten" oder Abenteuer blieb gar keine Gelegenheit! Sicher habe ich vieles versäumt, aber ich habe meist auch gern getan, was ich gerade tat und dazu stehe ich. Im Unterrichten sehe ich auch eine richtig schöne Aufgabe. Ich bin aber bereit, sie zurückzustellen für noch Passenderes, Wichtigeres.

Was meinen Sie dazu? Ist das Krampf? Eines meiner stärksten Lebensgefühle ist Dankbarkeit. Deswegen nehme ich mir manchmal Dinge vor, die dann doch meine Kräfte übersteigen. Von einer Partnerschaft bzw. Ehe erhoffe ich u. a. gegenseitige Stärkung und Herausforderung im Glauben; Unterstützung im Alltag, die Kräfte freisetzt, anstatt welche zu rauben. Dazu scheint es mir notwendig, im Leben eine gemeinsame Aufgabe zu sehen, z. B. beruflich oder durch sonstige Aktivitäten. Und einige alltägliche Lebensformen möchte ich gemeinsam haben. Bei Ihren kreativen Hobbies kann ich sicher gar nicht mithalten! Sie spielen mit Kindern Theater? Und versorgen fünf Pferde? Wann machen Sie denn das alles? Das müssen Sie mir unbedingt mal erzählen. Ich spiele wie schon erwähnt nur ein bisschen Gitarre (für Hauskreis, Klassenfahrten, Treffs), Volleyball, liebe Spaziergänge (tolle Natur hier), schreibe Briefe nach Frankreich, Brasilien, Madagaskar, Indien; singe im Kirchenchor, besuche meine Eltern, übersetze "Brot-für-die-Welt" - Projektberichte, treffe mich mit ein paar guten Freundinnen und der alten Hauswirtin zum Teetrinken, Probleme wälzen, Skilanglauf, Bibellesen, ja sogar manchmal Strümpfe stopfen. Oder Fußballspielen mit den Kindern; lasse mich aber auch immer wieder von der Arbeit "verschlucken". Manchmal auch gern.

So, ich glaube, ehrlicher kann ich nicht sein. Ich sehe es kommen, dass sozusagen lauter kleine Pflänzchen anfangen zu wachsen und eines schließlich nur zum Baum wird (wenn überhaupt) und die anderen verdrängt. Aber ich kann und will mich nicht entscheiden, auf Verdacht mal gleich alle bis auf eines "tot treten". Versuchen wir mal, uns keine Illusionen zu machen und uns einfach zu beziehen auf das, was da ist und ganz viel Geduld zu haben. Mein Verfahren ist vielleicht ein bisschen riskant, aber ich habe einfach das Vertrauen, dass zwei vernünftige, erwachsene Menschen herausfinden können, was für sie richtig ist.

Selbstverständlich werde ich Sie sofort benachrichtigen, wenn sich irgendwo anders eine Entscheidung ergibt. Vorläufig freue ich mich auf eine wie auch immer geartete Antwort von Ihnen!

Hoffentlich habe ich Ihre Geduld nicht schon überstrapaziert. Da ich jetzt schreiben müsste "frostig-matschig-trübe Grüße", lasse ich lieber den Bezug zum Wetter und beziehe mich auf die "Sonne im Herzen", also ein paar frühlingstrunkene Grüße.

Angela Allmendinger

Postkarte   Freitag 8. Februar 1985

Liebe Frau Magister,

nur ganz schnell ein paar herzliche Dankeszeilen für Ihren Brief vom 5. Februar. Mein Bild so unwiderstehlich? Und alles, was ich schreibe, finden Sie toll? Das freut mich natürlich sehr! Sie könnten mit Ihrem Brief ganz schön auf meiner Welle liegen? Aber eines nehme ich Ihnen gleich übel. Erst so eine tolle Anzeige aufgeben, flache Steine übers Wasser springen lassen wollen und dann kneifen! Wie ich Ihnen ein Bild zusandte, so hätten Sie sich ja auch bebildern können! Macht ja nichts, aber verstehen Sie doch, die Neugier ist groß. Und Männer sind ja viel mehr Augenmenschen, wenn es auch zunächst ziemlich oberflächlich von mir ist. Jeder Tag ist eine neue Chance doch noch ein Bild von Ihnen zu bekommen. Wollen Sie? Geben Sie sich einen Ruck. Ich stelle Sie mir, nach der Schrift zu urteilen und nach unserem ersten kurzen Begrüßungstelefonat, sehr lieb, sensibel, auch ein wenig trotzköpfig, eigensinnig, aber auch sehr verschmust vor.
Bleiben wir in Kontakt, bis Sie wissen, für welche spezielle Zuschrift bzw. für welches Mannsbild von den 21 "Interessenten" (- und Konkurrenten) Sie sich entschieden haben?

Mit Halloaé - Ihr Mann von der Waterkant.

Jan Troje

Postkarte   Mittwoch, 13. Februar 1985

Lieber Herr Troje!

Vielen Dank für Ihre Karte auf die Schnelle. Immerzu hole ich zu einem weiteren Brief aus. Ich möchte Ihnen ganz gern ein bisschen mehr von mir erzählen. Aber es kommt immerzu was dazwischen! Im Moment liegen die Aufsätze meiner Klasse frisch zum Korrigieren da! Da muss ich erst mal ran. Sie wissen sicher noch aus Ihrer Schulzeit, wie sehr Schüler auf ihr Ergebnis warten. Darf ich Sie noch mal um etwas Geduld bitten?
Das mit der "Kandidaten-Auswahl" ist gar nicht so einfach. Warten's halt noch a wengerl, wie wir Bayern sagen!

Bis dahin herzliche Grüße

Angela Allmendinger

Bild folgt, Sie Bildmensch! Übrigens: Typisch Mann!!!
Soll ich Ihnen auch gleich meine Maße dazu schreiben?

Angela Allmendinger   Sonntag, 10. März 85

Lieber Herr Troje,

Ihre Geduld hab' ich jetzt aufs Äußerste, wenn nicht schon überstrapaziert. Wahrscheinlich haben Sie mich schon vergessen? Zwei Postkarten haben wir bewegt. Wir hatten miteinander telefoniert. Sie haben mir ziemlich viel von sich erzählt. Das hat mir ganz gut gefallen. Allerdings sind Briefe viel beständiger. Man kann sie nachlesen und nochmals gefühls - oder verstandesmäßig "nachleben". Oder auch Rätselraten, was der Schreibende wohl gemeint haben mag, wenn es nicht eindeutig war. Und es verlockt wieder zum Nachhaken.

Wenn wir näher beieinander wohnen würden, hätte ich Sie längst besucht! So habe ich erst mal mit ein paar anderen Kontakt aufgenommen, die mir ähnlich sympathisch waren wie Sie und in der Nähe von München leben. Einen habe ich nun schon getroffen. Er hatte mein ganzes Mitleid.

Aber soll ich auf Mitleid eine Beziehung aufbauen? Ganz bestimmt nicht! Trotzdem: Ich brauche selber viel Geduld und Gelassenheit, muss nach Begegnungen immer erst zu meiner Meinung, meinem Weg zurückfinden. Durch diese umständliche, allzu gründliche bis grüblerische Art habe ich mich bisher auch nur den Beruf konzentriert und die anderen Lebensbereiche erst so spät entdeckt.

Jetzt aber zu Ihnen: Ihre große Liebe zu Kindern ist ja wirklich eine außerordentliche Gabe. Und für einen Junggesellen, der seine Freizeit Pferden und Kindern widmet, könnte ich mich schon sehr begeistern.

Dass Sie für jedes Pferd bunte Namensschildchen mit der Laubsäge bastelten, finde ich stark. Und jetzt bereiten Sie für Weihnachten ein Theaterstück vor? Woher nehmen Sie die Zeit? Vielleicht tauschen wir uns da einmal aus. Lehrerin sein ist da wieder anders. Sie gehen wohl für Stunden ins Kinderheim und machen da unbekümmert Remmidemmi. Ich habe Zwänge wie Lehrplan und Schulglocke. Ich muss mein Pensum schaffen und die Schüler müssen das alles begreifen. Ein endloses Thema. Aber interessant, dass Sie diesen Umgang mit Jugendlichen pflegen und viel Freude und Erkenntnisse daraus schöpfen.

Übrigens: Eigene Kinder waren bisher nicht mein Ziel. Ich habe ja nur in "abstrakten Sphären" geschwebt. Ich möchte umlernen, praktischer sein!

Wenn ich mich nach einem Mann umsehe, dann hauptsächlich, nach jemanden, der selbst Ziele hat, um dann mit ihm gemeinsam an einem Strang zu ziehen. Der Weg zum Ziel kann eine gemeinsame Aufgabe sein. Als Grundlage möchte ich eine fröhliche Frau und Christin sein. Ich finde es großartig, wie alles angelegt ist: dass die Liebe zu Gott und zu den Mitmenschen das höchste Gebot ist.

Aber wer will so was noch hören? Die meisten schalten ab, wenn das Wort Gott oder Christus genannt wird. Sie auch? Würden Sie denn mit mir überhaupt flache Steine übers Wasser springen lassen wollen?

Wenn Sie noch wirklich interessiert sind, schreiben Sie mir gerne zwischendurch - obwohl ich es ja wahrhaftig nicht verdient habe. Ich bin so gespannt auf ein Lebenszeichen von Ihnen.

Herzliche Grüße und gutes Gelingen für Ihr Theaterstück!

Angela Allmendinger

Postkarte   13. März ´85

Liebe Frau Allmendinger,

das nächste Mal werde ich Sie nicht mehr mit "Frau Magister" anreden. Verstehen Sie Spaß? Es sollte einer sein!
Ob ich Sie vergessen habe? Keine Spur. Ich habe auf eine Nachricht von Ihnen gewartet, obwohl wir uns ja am Telefon schon so vieles ausgetauscht hatten. Danke für Ihren Brief. Es gibt Sie noch. Haben Sie nun alle Herren aus Ihrer nächsten Umgebung getroffen? Was sind das für Kollegen, die Ihnen geschrieben haben? Schreiben die auch so verrückt wie wir? Wie auch immer, Sie sollen ganz schnell eine Antwort haben. Hier eine Karte vom Hamburger Hafen. Sehen Sie die Schleppkähne bei den großen Schiffen? Das sind die kleinen emsig tuckernden "Hafenlotsen", wie ich sie nenne. Sollten Sie mal mit eigenen Augen sehen können. Ich musste ganz klein schreiben, sorry! Hoffentlich ist's lesbar?

Mit Gruß

Jan Troje

Angela Allmendinger Mittwoch, 20. März 1985
Frühlingsanfang

Lieber Herr Troje,

ich ertappe mich schon wieder, dass ich an Sie denke. Da ich heute noch zu einem Treff und eine Klassenarbeit entwerfen muss, nur schnell zur Information:
Ich habe mich ganz "riesig" gefreut über Ihr spontanes Telefonat vorgestern. Ihre Stimme gefiel mir wieder sehr. Sie sind wohl ein richtiger Schmeichler oder verstehen sich auf Frauen? Oder tue ich Ihnen Unrecht? Auf alle meine Punkte vom letzten Brief sind Sie ja nicht richtig eingegangen. Statt zu schreiben, haben Sie wieder zum Hörer gegriffen. Die Postkarte war lieb, ein Lebenszeichen, obwohl ich Sie so lange habe warten lassen.
Sie wohnen so verdammt weit weg. An der Waterkant. Das wäre ja auch zu toll, wenn Sie hier gleich um die Ecke wohnen würden. Mann Troje, da hätten wir uns schon gesehen. Ich könnte schon wieder mit Ihnen telefonieren. Mein Gott, wer sind sie bloß, dass Sie mich so "unverschämt" irritieren?
Ich könnte Ihnen ja bald mal durchaus gern entgegenfahren. Das Problem ist nur der Treffpunkt. Oder Sie besuchen mich hier in meinem Bayern? Der Mann soll erst mal Einsatz zeigen. Ich habe die Anzeige aufgegeben. Sie kommen immer mehr in die engere Wahl. Entweder wieder einen langen Brief bekommen oder einen Anruf. Oder von jedem etwas! Oh ja! Von jedem etwas. Wenn Sie mich anrufen wollen, sonntags bitte nur abends und mittwochs habe ich normalerweise immer was vor bis zirka 22 Uhr. Also, damit's wirklich nur eine Info bleibt! Bis bald!

Liebe Grüße- und lassen Sie sich nicht in Ihrer Agentur beim Briefe schreiben erwischen!!!

Angela Allmendinger

Zwischenbemerkung:
Beide haben sich in A. kurz bei e·ner Freundin von Angela
getroffen, die in der Nähe von Mairz wohnt. Sie telefonierten
und vereinbarten ganz spontan an einem Wochenende ein
schnelles Treffen. Die Spannung wcr so groß, sich endlich zu
sehen. Es war die erste Begegnung nach den vielen Telefona-
ten und ersten Briefen. Beide waren nicht gleich vom Pfeil des
Amor getroffen. Sie träumten beide heimlich von dem großen
AAH-Erlebnis und vom Gribbeln im Bauch, stumm und platt
sein vor lauter Sympathie und Anziehungskraft. Aber sie waren
eher frustriert, beklommen und unschlüssig, wie mit der Rea-
lität weiter umzugehen sei. Er ginc abends in sein Hotel. Sie
übernachtete bei ihrer Freundin. Sie fanden nicht einmal ein
DU füreinander. Es war Knall auf Fall, einfach zu früh für so
sensible Menschen. Wo doch sonst in Beziehungen alles so
schnell geht! Und genauso schnell wieder beendet ist. Das
wollten sie nicht riskieren. Und waren zunächst ziemlich ent-
täuscht!

Angela Allmendinger   28. März 1985

Lieber Herr Troje,

na dann sind Sie wohl wieder zu Hause? War es schlimm mit
mir?
Sie haben sich ja nicht wieder gemeldet. Sie hatten sicher Ihre
Gründe dafür! Wenn ich Ihnen "hinterher schreibe", dann einfach, um zu sagen, wie's von mir aussieht (aussah?). Und weil
ich etwas ratlos bin, wie ich mich weiterhin verhalten soll.
Nachdem Sie weg waren, wurde ich krank. (So eine Art Grippe

kommt ganz schnell über Nacht. Sie kennen das ja auch: die Nase läuft, Brennen um die Augen und fiebriges Feuer quält den ganzen Körper). Am Samstag habe ich dann doch noch fünf Stunden Unterricht gegeben. Und dann einfach schlapp gemacht. Meine Schüler merkten es mir an und verhielten sich sehr anständig. Sie sagten, ich solle doch heimgehen. Nicht, weil sie frei haben wollten - sie mussten ohnehin ihre Arbeiten machen. Das war lieb von ihnen. Ich liebe meine "Abirenten", wie sie sich selbst vergageiern! Also setzte mich ganz beklommen auf meinen Drahtesel und fuhr schnurstracks nach Hause. Von daheim rief ich dann den Herrn Direktor an, ich sei sehr erkältet und fiebrig und hätte die Schule gegen 14 Uhr verlassen. Er bedankte sich in seiner gewohnt überschwänglichen Weise, dass ich nicht gleich zu Hause geblieben sei und so weiter. Beim Dösen, Schlafen, Grübeln, "Nichts tun" konnte ich nochmals vieles nachklingen lassen.

Finden Sie nicht? Unser Abschied war ziemlich verkorkst! Zum Lachen war ja wirklich Ihre erfrischende, jungenhafte Art als Sie sich bei meiner Freundin als meinen Bruder ausgaben. Meine Freundin kennt doch meinen Bruder. Dennoch hat sie so herrlich doof geguckt. Ein Bruder, den ich ihr bisher verheimlicht hatte? Sie ist viel zu theoretisch und ohne praktische Erfahrung. Sie haben sich dann mit der "Seelenverwandtschaft" ja auch bestens aus der Affäre gezogen.!

Ich muss nun Ihrer Telefon- und Schreibstille entnehmen, dass ich Sie vielleicht ganz maßlos enttäuscht habe!! Oder Sie sind sonst wie zu dem Entschluss gekommen, es wäre besser, das "Bäumchen" gleich wieder vertrocknen zu lassen?

Vielleicht schreiben Sie ja gerade einen Brief an mich? Oder wählen meine Nummer. Dann wäre meine Reaktion einfach voreilig - dann vergessen Sie es schnell. Also, ich kann nicht so schnell urteilen. Sie scheinen mir auf den ersten Blick teilweise anders, als ich es mir vorgestellt hatte.

Zum Beispiel Ihren christlichen Glauben, der ja uns beiden wichtig ist. Sie sind sehr kritisch gegenüber der Kirche, was ich an vielen Stellen teilen kann. Sie haben wohl Probleme mit der Institution Kirche und haben viele Wünsche an sie.

Hingegen unabhängig davon ist für mich Jesus auch der, der einem den inneren Frieden gibt, der einen zu dieser Nächstenliebe erst richtig befähigt. Oder empfinden Sie das ganz anders? Ich vermute es!

Ich kann auch gar nicht beurteilen, ob nicht der äußere Schein trügt, ob es sich um einen momentanen, situationsgebundenen Zustand oder um einen Wesenszug handelt, inwieweit Ihre gewohnte Umgebung und Ihre Redegewohnheiten Sie beeinflussen....

So möchte ich mich darauf beschränken zu schreiben, dass ich es gut fand, dass wir uns zum ersten Mal begegneten. Es ist zwar ein ganz anderes Gefühl und viel realistischer als in unseren Briefen, mit Fantasie und Charme und am Telefon mit Lachen und ganz auf die Stimmen konzentriert sein. Ich hatte Sie bisher in unseren Briefen und Telefonaten ganz anders empfunden. Wir waren nicht mehr die, die sich so verheißungsvolle, zauberhafte Briefe schreiben und die Stimme direkt am Ohr haben. Wir waren uns fremd, aber auch nicht fern. Ich hatte Sie mir größer vorgestellt. Obwohl ja Ihre Statur mit 1.80 Meter der Anfang vom Gardemaß ist.

Ich sitze hier (und saß irgendwie immer) in einem warmen Nest, kann immer, wenn ich es brauche, mit guten Freunden reden, die mich im Tiefsten verstehen. Ich kann viel nachdenken. Ich besuche viele kirchliche Veranstaltungen, Konzerte, Meditationstagungen, Kirchenchor (ich singe sehr gern - das befreit die Seele und ich singe zum Lobe Gottes). Ich besuche zum Beispiel Vorträge über das „Vater unser". Ich kann einfach geistige Nahrung in Hülle und Fülle geradezu in mir aufsaugen, so, dass ich randvoll bin mit meinen Vergeistigungen. Und schon nicht mehr das Leben sehe. Interessant, wie Sie die Dinge sehen.

Darüber wollte ich so vieles wissen. Sie haben mich in Spannung versetzt und ich gebe zu, ich denke jetzt jeden Tag an Sie. Bedrückt Sie das? Bekommen Sie da gleich Ängste? Ich lechze nach Leben! Ich kann doch nicht immer nur mit dem Kopf leben!

Wenn Sie meinen, dass alles irgendwie nicht passt oder nicht

geht. Oder wenn Sie einfach nicht (mehr) mögen - dann akzeptiere ich das. Aber es wäre nett, wenn Sie mir auch dann kurz irgendwie sagen könnten, woran ich bin.
Ansonsten erholen Sie sich gut von all Ihren Strapazen!

Gott schütze und begleite Sie auf Ihren Wegen!

Angela Allmendinger

Jan Troje   Samstag, 6.April 1985

Liebe Angela,

so - ich mache den Anfang! Wie auf meiner Karte versprochen. Aufhören mit dem steifen "Sie". Zuerst nochmals vielen Dank für Deinen so lieben Brief!
Es lockt, verlockt, würde mich reizen, in Dein Leben ein wenig Wind, Wasser, Wellen hineinzubringen, ohne dass Du dabei den Atem verlierst oder gar ertrinkst. Ich wollte schon am Wochenende geantwortet haben, aber mein überaktives Leben setzte dann doch Prioritäten (ein schreckliches Wort!). Interessiert es Dich? Eine kurze Aufreihung soll Dich schonen: Von meinem Privatstudium habe ich Teil 4 "Organisation und Durchführung" abgeschlossen. Mein Aquarium kam dann auch noch dran. Ein Mal im Jahr wechsle ich das ganze Wasser aus. Das ist ein Geplantsche. Das Wasser aus der Leitung ist ja nicht mehr verwendbar. Da muss ich es mit Aqua Safe neu aufbereiten. Dennoch macht es Spaß, denn ich bin mit meinen Fischen per Du. Ich kenne sie alle und ich liebe sie alle. Und wehe, eines wird krank. Dann fuhr ich ins Wellenbad und habe mich in die chlorreichen Gewässer gestürzt. Kennst Du das? So ein richtiges Wellenbad mit der Lautsprecherdurchsage: "Bitte Vorsicht an der Brandung!" Dieses Mal statt 40 Bahnen (bei 50 Metern), bin ich nur 25 Mal hin und her geschwommen. Es waren zu viele kreischende Kinder da.

Ich war einfach zu nervös. Daheim Hemden waschen und bügeln... Draußen Sonne, die Maiblüten, die ich so sehr liebe, besonders der Duft von zartweißen Blütenkelchen, sie sind davon geweht..... Das Leben weht gleich mit dahin! Findest Du nicht auch? So, nun muss ich erst mal den Anschluss an Deinen Brief finden. Nachdem ich weg war, wurdest Du krank? Bist Du nun wieder wohlauf?

Übrigens: Du hattest mich nicht festgehalten. Das Thema Religion hatte uns beide in Bann geschlagen. Du hast mich nicht maßlos enttäuscht. Ich war dadurch zu sehr abgelenkt, um eigentlich mehr auf Dich zu reagieren als auf die Religion. Ich möchte das Bäumchen gießen, dass es sich räkelt und zwischen dem zarten Grün seufzt: "Ach, bin ich aufgeregt!"

Du hast Dir wohl den Jan anders vorgestellt? Einen gläubigen Thomas? Ich widerspreche Deiner Behauptung, ich hätte meinen Glauben mit einem "Njet" vorgestellt! Pas du tout! Ich bin nur nicht auf Deiner religiösen Stufe! Deine Beziehung zu Christus hört sich für mich fremd an, wenn Du schreibst: "Jesus ist ja auch der, der einem den inneren Frieden gibt!" Ich beneide Dich! Manchmal kamen mir Deine Vorstellungen etwas übertrieben vor. So als wärst Du mehr in einem Bibelkreis und nicht Angehörige der evangelischen Kirche. Verzeih mir, ich will Deinen Glauben und die Kraft, die Du daraus gewinnst, nicht schmälern. Ich bin zu weit weg. Mein „Katholischsein" war viel zu äußerlich. Wir haben in unserer Jugendzeit Religion nicht gelebt! Es war nur ein Verharren im Kult von Ritualien, die mich in jungen Jahren beeindruckten.

Bis ich dann den Eindruck gewann, das alles so automatisch abläuft, zumindest empfand ich es so. Und ich zog mich immer mehr zurück. Der Gottesdienst, der ermüdende Gesang, immer dieselben Lieder, das Zelebrieren vorn am Altar, machte mich kirchenmüde. Oft brandete in mir der Wunsch auf, einmal auf die Kanzel zu steigen und es allen zu sagen, was mich bewegt und stört. Und wie ernst es mir sei, meinen Glauben lebendig zu leben. Aber wie? Die meisten würden den Gottesdienst verlassen und kopfschüttelnd sagen, da spricht ein Verrückter. Und ich würde von der Kanzel herunter gezerrt und aus der

Kirche verwiesen. Wie ein Film oder ein Traum kam mir das vor. Bis ich mich sonntags daran gewöhnte, nicht mehr zum Gottesdienst zu gehen. Vielleicht ist mein Frust der hohe Anspruch der zehn Gebote, die kein Mensch erfüllen kann. Ich bin daher noch immer in einer sehr stürmischen Auseinandersetzung mit mir und der Kirche, was sie sagt und (nicht) tut. Nach oben beten und nach unten knien lassen, das liegt mir nicht so sehr. Auch nicht mit der Gemeinde heulen und nichts verändern. Ich möchte immer die Fenster aufreißen so wie es mein Lieblingspapst Johannes der XXIII. getan hatte. Mit 18 Jahren besuchte ich ihn 1959 in Rom und war begeistert von dem Bauernsohn Roncalli, der in der italienischen Armee als Feldwebel gedient hatte. Als ich ihn in der Halle von Castel Gandolfo erlebte, war ich beseelt davon, Geistlicher zu werden. Er sagte den streikenden Soldaten, er hätte seinem Land gedient und sie sollten wieder bereit sein, ihren militärischen Auftrag wahr zu nehmen. Da jubelten die Soldaten in der Halle und warfen ihre Mützen in die Luft. Diese Begeisterung war einmalig! Ich liebe Rom. Ich möchte so gern wieder dort vor dem Trevi - Brunnen stehen und abermals eine Münze einwerfen, damit ich immer wieder kommen muss.

Ich wollte die Menschen begeistern wie Pater Leppich, der in den 50er Jahren die Katholiken aufrüttelte, sie katholische ”Unterseeboote” und ”Karteileichen” beschimpfte. Die Kirche war überfüllt. Und ich als Ministrant blieb den ganzen Vormittag bei den drei Gottesdiensten, bei denen der Pater überkochte vor Leidenschaft für Jesus Christus. Pater Leppich wurde das katholische Maschinengewehr genannt - (schlimm so eine Bezeichnung!!!) Aber er erzielte damals eine große Wirkung.

Ich wollte die Öffnung zu anderen Religionen haben. Bereits im Religionsunterricht erfuhren wir nie etwas vom Buddhismus oder vom Islam, vom Hinduismus, auch nichts vom jüdischen Glauben. Wie aber, wenn die Menschen von ihrem jeweiligen Glauben geprägt sind und nichts voneinander wissen, was sie äußerlich und innerlich leben. Wie will ich mit einem Andersgläubigen reden, wenn ich ihn nur zu missionieren trachte? Er wird sich abwenden. Oder mir den Schädel einhauen? Oder mich mit Blicken strafen und sich abwenden. Die inneren Fäuste werden so geballt! Bemühen wir uns nicht auch die Sprache des Fremden zu sprechen, damit wir uns verständigen können? In der Politik und in der Diplomatie gibt es Dolmetscher, die davor bewahren, dass möglichst wenig falsch verstanden wird.

Hinzu kommt die unterschiedliche Bedeutung der Worte der Völker auf Erden. Wir haben immer noch viel zu große Spannungen zwischen den Religionen. Und wir sind nicht tolerant genug und zu wenig aufgeschlossen.

Eines Tages müssten die Christen lernen, nicht mehr nur das Alte immer unverändert weiter zu tragen, sondern endlich begreifen, gemeinsam neue Wege zu gehen, nach vorn zu schauen und nicht mehr getrennt weiter zu laufen. Ansätze sind wohl da, aber sie ersticken immer wieder im Dunst der Uneinigkeit. Uns wurde erzählt, die Kirche sei die einzig wahre, von Gott eingesetzt. Und auf Simon Petrus wollte Jesus seine Kirche bauen und bezeichnete ihn als den Fels. Vielleicht wird es mal harte Auseinandersetzungen der Religionen geben. Beispielsweise zwischen Christentum und Islam? Statt einer Auseinandersetzung oder gar Feindseligkeit sollte Toleranz möglich sein können! Und nicht nur ein frommer Wunsch bleiben!

Ich stelle mir Priester vor, die sich als Arbeiter, Mitarbeiter im Weinberg Gottes verstehen, als geistliche Seelenärzte, die Psychologie, Soziologie, Sexualkunde studieren und in den Semesterferien Praktikas in Krankenhäusern, Altenheimen und Kindergrippen absolvieren. Und es sollte meiner Meinung nach auch verheiratete Priester geben dürfen, die Liebe, Sex und familiäre Geborgenheit leben dürfen. Und warum dürfen Frauen nicht in das Priesteramt mit einsteigen? Wo doch die Kirchen Priestermangel zu beklagen haben? Nur so könnte die Kirche viele Aufgaben rechtschaffen leisten und dem Menschen dienen und nicht immer mit Blick auf den Gekreuzigten ihr eigenes Seelenpflästerchen hätscheln. Die sich für das Priesteramt entscheiden, sollten das Leben studieren dürfen. Und das Wort Gottes verkünden und es in die jeweilige Zeit übersetzen lernen.

Das sind ganz große und sicher auch schwere Aufgaben. Denn ein Priester ist ja auch nur ein (begrenzter) Mensch und kann nicht alles abdecken. Aber es ist und bleibt ein hoher Anspruch, der von ihnen abverlangt wird. Und ich habe natürlich auch was in diesem Zusammenhang gegen das Zölibat. Du wirst sagen, Du schreibst wie ein Evangelischer. Ich gehe noch weiter, ich würde auch der Frau den Weg zum Pastoralamt ebnen wollen. Nicht nur als Pastoralreferentin, bescheiden, ausgenutzt und doch nicht anerkannt. Die Frau, die Mutter, das Weibliche, ist sie nicht als Trägerin des Lebens geradezu prädestiniert, das Wort Gottes umfassend zu verkünden, mit allen Sinnen und der Wachheit und Aufgeschlossenheit gegenüber allen Menschen. Denn alle Menschen hatten Mütter, so banal das klingt. Die Mutter schenkt ihrem Kind das erste Wort. Muttersprache!

Oh, Angela, wir sollten am Kaminfeuer sitzen und einen guten Rotwein trinken. Und uns aneinander lehnen können. Und einer von uns legt nach langer Diskussion dem anderen seinen Zeigefinger vorsichtig auf beide Lippen. Und dann sich nur noch schweigend im Flackerlicht der brennend knackenden Holzscheite ansehen - und sich liebend verstehen.

Aber genug davon, bevor ich noch ausflippe. Ich weiß, das sind viel zu viele Wünsche an die Kirchen. Es ist ja auch nicht alles zu verdammen. Die Kirchen tun sehr viel Gutes. Nur wird darüber zu wenig berichtet. Und wenn die Kirchen selbst darüber publizieren würden, hinge ihnen der Vorwurf des Eigenlobs auch noch mit am Kreuz.

War ich ein weiterer Anstoß, ein neuer Impuls, dass Du nicht mehr NUR immer mit dem Kopf leben willst?

Ich habe wiederum Deine Anzeige gelesen. Daraus geht hervor, dass Du Zweisamkeit suchst, Zärtlichkeit geben und erfahren willst und eine Partnerschaft gründen möchtest? Das ist sicher nicht so leicht und plötzlich auf Anhieb erreichbar! Am besten, Du fändest einen lieben, netten Mann, in den Du Dich erst einmal Hals über Kopf verknallen könntest! Bisschen "oben " ausschalten! Dafür Gefühle und Empfindungen einschalten! Nicht immer nur verdrängen: "Das hat noch Zeit, das mit den Beziehungen zum Mann!" Du bist dabei das Leben, Dein Leben neu anzupacken! Tu's doch!!!!

Seit wann reitest Du ? Wanderfreudig? Kanu fahren? Wo, auf der Isar? Dort, wo die Floßfahrten für Betriebsangehörige immer stattfinden?

Ich möchte so gern mit Dir die Steine aus Deiner Anzeige finden und übers Wasser springen lassen und sehen, wer von uns weiter kommt? Oder auch nicht so ehrgeizig, aber sich bücken, zusehen und spüren, wie eine Anziehung körperlich und geistig wächst. Das wäre was für uns!

Ich würde gern mit Dir irgendwo am Wasser sitzen, Frösche quaken und Grillen schrillen hören, leise mit Dir reden oder auch nur still sein können. Oder einfach nur aufs Wasser schauen und zuschauen, wie Fische nach Mücken schnappen und Enten Wasserbahnen hinter sich her ziehen. Ich danke Dir für Dein "Gott schütze und begleite Sie auf Ihren Wegen!"

Ich wünsche Dir einen "großzügigen" Gott, der über Dir wohlwollend lächelt und Dich spüren lässt, jetzt soll sie erst mal richtig leben!

Wann wirst Du mal in meine Gefilde im Norden kommen?

Please, liebe Angelina, write a little letter again - later or earlier. As you like!

Yours truly

Jan Troje (oder wie Sie noch immer schreiben: "Lieber Herr Troje!")

Postkarte   11. April 85, ein Donnerstag

Lieber Jan,

eben gerade habe ich Ihren Brief bekommen! Ich krieg's nicht
so genau in Worte, meine Reaktion. Aber ich glaub , ich treff's
so ungefähr mit "überwältigt". Ich möchte ein bisschen heulen
oder lachen oder so was. Ich möchte sehr viel antworten. Das
klappt leider heute nicht, weil ich eine neue Unterrichtseinheit
für den Leistungskurs morgen austüfteln muss. Daher jetzt
bloß:
Also, ich finde vieles ganz toll, was Sie schreiben, und wie Sie
es schreiben. Das heißt, einiges provoziert mich auch ganz
schön. Aber das ist ja nicht verboten und das tun Sie bestimmt
auch mit Absicht! Stimmt's? Ich schicke Ihnen, da Sie sich die
Maiblüten teilweise entgehen lassen (müssen), die hübscheste
Karte, die ich habe.
Lassen Sie sich doch vom Stress nicht unterkriegen! Genießen
Sie mal die Mailuft!! Bis bald!

Angela

Jetzt habe ich doch wieder "Sie" geschrieben!!! Ich schicke die
Karte trotzdem ab. Mein erstes "Du" kommt dann im nächsten
Brief!

Angela Allmendinger   Samstag, 20. April 1985

Lieber Jan,

also wirklich, so ein Brief.... Ich nehme das Du sehr gerne an.
Ich wusste gar nicht, wie mir geschah! So was hatte ich nicht
zu hoffen gewagt! Ich hätte wirklich Lust, zu telefonieren - aber

das wird ein so langes Gespräch, für das Geld reise ich lieber mal zu Dir hin. Dein ganzer Brief, von "Wasser, Wind und Wellen" bis "jetzt soll sie mal leben" ist so verblüffend genau das, was ich mir (seit wie lange immer schon ?!?) im Unbewussten ersehnte, dass ich nicht weiß, wie ich dazu komme, so einen Brief zu bekommen! Ich möchte an ein Wunder glauben, einfach nur jubeln! "Oben ausschalten" bin ich nicht gewohnt. Bin jahrzehntelang nur im Eingeschaltetsein trainiert. Nur, wenn der Verstand alles haargenau geprüft hat, lässt er Gefühle zu. (womöglich noch Unkontrollierte, Unvorhergesehene...)

Mein ganzes Leben war ein einziges Vorbereiten, Planen, im Voraus-Beurteilen... Ja, ich möchte auch das andere endlich lernen! Dem Verstand sein "Platzerl" zuweisen. Was ich nicht ausschalten möchte, ist mein Wille. Ich ertappe mich bei folgendem: Wenn ich Deinen Brief lese, kriege ich rote Backen und ein bisschen Herzklopfen. Du willst was (Schönes) in mein Leben reinbringen? An Dir ist so ein kleiner Psychologe verloren gegangen! Nein, ich empfand keinerlei Ablehnung, ich musste nur grinsen, aber das tat ich sowieso schon die ganze Zeit: Dein nachdenklicher Hinweis, lächelnd zu lesen, erübrigt sich also, erinnerst Du Dich? Das sich räkelnde Bäumchen, Dein Verständnis bei dem gelungenen Versuch, Dich in mich hineinzuversetzen; die Art, wie Du mir Mut machst, die Quakfrösche und so weiter....

Das alles ist sehr schmeichelhaft für mich. Ich genieße es richtig, bade in dem Luxus – bis dahin alles wunderbar; aber ich gerate sofort in Gefahr, auf das Geschenk zu starren, anstatt auf den, der es mir hinhält. Vielleicht nutze ich Dich ja nur aus? Und alles würde mir eines Tages fad werden? Du hast auch so ein wenig eine pädagogische Ader- und wohl auch eine ganze Menge Erfahrung mit Frauen. Ich könnte von Dir so einiges lernen! Nennen wir's mal "Frau sein"! Übrigens: damit Du mich nicht falsch verstehst: ich habe bisher nach dem Grundsatz gelebt: Sex gehört für mich in die Ehe! Einfach, weil ich mich kenne! Ich möchte bewusst und intensiv leben. Es wäre für mich ein Ausdruck von: "Ich gehöre dir - ganz und gar!" und das steht nur jemandem zu, zu dem ich uneingeschränkt "JA" gesagt habe.

Ich weiß, dass Du mich nun für komplett blöd oder für verrückt hältst. Es ist ja nicht so, dass ich gänzlich noch nichts verspürt hätte, aber weißt Du so richtig echt mit einem Mann, so dass ich total den Verstand verliere, das habe ich noch nicht erlebt. Und wenn ich den Mann dazu nicht finde oder ihn nicht bekommen kann, will ich mich nicht in ein billiges Abenteuer stürzen und dann die große Reue empfinden. Kannst Du das begreifen? Kannst Du das wirklich? Oder lachst Du mich aus! Wir werden wieder telefonieren und da merke ich gleich wie Du dazu stehen wirst.

Da ich die Hoffnung nicht aufgegeben habe, einmal zu heiraten, möchte ich das Intensivste, was man so ungefähr erleben kann, nicht schon vorher mit x-anderen geteilt haben. Es würde mich so prägen, dass (die Erinnerung, die dann nicht nur im Gehirn bestünde) es als Hindernis zwischen mir und "meinem Mann", wer immer das mal sein mag, mühsam wegzuräumen wäre.

Na ja, aber "Frau sein" beinhaltet ja noch mehr: Frau - sich überhaupt erst einmal als ein Gegenüber zu empfinden, ebenbürtig sein, mit allem, was zu einem gehört, endlich mal nicht nur denken. Was soll das ganze "Frau sein", wenn ich es nicht für jemanden sein kann? Wenn niemand was davon hat, kein Leben daraus entspringt?

Vielleicht stellt sich irgendwann heraus, dass ich für Dich nicht Frau sein kann. Ich kann das überhaupt noch nicht beurteilen, ob es bei einer vorübergehenden, dauernden, lockeren Bekanntschaft bleibt. Dann möchte ich das, was es sein soll/kann/darf, auch ehrlich sein. Lieber etwas Kleines oder Kurzes mit der ganzen Freude. Mit gegenseitigem Respekt und Achtung, als zu früh unangemessene Formen, die vielleicht äußerlich filmreif sind oder immer so in Romanen stehen, aber hohler Rahmen bleiben.

So weit meine Bemühungen und Vorstellungen, zunächst mal Abstand zu halten. Deine Kritik an der Kirche teile ich teilweise. Aber Du bist Dir ja auch bewusst, dass Du zu viel forderst. Wenn Du nun Geistlicher geworden wärst, könntest Du so ein Studium mit all den Praktika abliefern? Die haben selbst an den ganzen Ge -und Verboten zu knabbern. Das mit dem Zölibat ist für mich nicht so ein Thema. Die Evangelische Kirche lebt seit 400 Jahren ohne. Aber Frauen an den Altar - das ist echt fortschrittlich gedacht. Würdest Du als Katholik einer Pfarrerin beichten, was Du so angestellt hast? Andererseits könnte sie Dich darin bestärken, mehr auf den Menschen einzugehen, den Du verletzt hast, zum Beispiel Deine Frau. Weil sie selbst Frau ist und besser die Situation verstehen kann. Als von Mann zu Mann. Der wiederum versteht Dich ebenso besser, wenn er selbst verheiratet ist.

Du machst so viel! Du bist so dynamisch! Ich bewundere das einerseits. So was ist schön, wichtig, gibt Anstöße. Aber ich denke auch: Fliehst Du nicht auch dabei ständig? Vor dem HIER und JETZT? Oder vor Dir selbst? Würdest Du es auch aushalten, mal stillzustehen? Ohne was zu bewirken, irgendeine Leistung oder besondere Eigenschaft von Dir zu zeigen?

Nur einfach dazusein? Ich habe mal eine Meditationsfreizeit mitgemacht. In der Einleitung sagte der Dozent, es sei für viele Menschen heute sehr schwer, zur Ruhe, auch zu innerem Frieden und zu Gleichgewicht zu kommen, weil sie sich selbst nicht aushalten können. Christliche Meditation sei das Erlebnis, sich selbst auszuhalten, weil Gott uns aushält - einfach so wie wir sind. Viele Menschen hätten, z. B. von Eltern, die ihre Autorität damit unterstützen wollten, einen Gott "beigebracht" bekommen, der nur droht, straft und richtet. (Vor so einem Gott kann man ja nur davonlaufen!) Du beneidest mich? Wie meinst Du das? Möchtest Du irgend etwas haben, was ich angeblich habe? Übrigens: Danke, dass Du meinen Glauben nicht unterhöhlen willst. Das ginge wohl auch nur mit Dingen, die überhaupt aushöhlbar sind - insofern ist jede Infragestellung nützlich. Du schreibst, Du bist "voller Sehnsucht" - warum gibst Du Deiner Sehnsucht nicht nach und siehst hinter die Kulissen, was Gott uns wirklich anbietet? Keine Angst vorm Finden. Vorm Gefundenhaben und dann die Dynamik verlieren, sich satt und selbstsicher auszuruhen, das ist viel schlimmer. Gott ist so groß! Da haben wir unser ganzes Leben lang mit Weitersuchen zu tun. Von IHM geht eine ganz neue Dynamik aus. Vielleicht weniger hektisch, aber dafür umso gesünder, gesundmachender. Apropos Zeit: Bei mir rast das Leben zur Zeit nicht. Ich bin darüber sehr glücklich! Während meiner Krankheit habe ich ein Buch gelesen "Von der Zeit, die mir gehört!" Sehr anregend, dankbarer, bewusster, langsamer mit der Zeit umzugehen.

Du redest von meiner "religiösen Stufe". Ich weiß nicht, das klingt so nach höher und tiefer; alle Erkenntnis bringt doch nichts, wenn man sie nicht in die Tat umsetzt! Ich würde uns Menschen eher mit Landschaften (oder Gärten) vergleichen. Beim einen gedeiht dies. Beim anderen das. Jeder hat so seine unkultivierten, brachliegenden Stellen, auf denen bei richtiger Saat und Pflege und Witterung vielleicht doch was blüht...

Puuh! Jetzt bin ich wieder ganz schön ernsthaft geworden. Noch dazu seziere ich Dich ganz respektlos - bei lebendigem Leibe!

Ich bin irgendwie so! Hoffentlich hältst Du das aus? Vielleicht lerne ich ja auch noch was dazu? Du hast es am liebsten, wenn ich lache... Und ich lache so gern!!! Aber durch dies ewige am Schreibtischsitzen und Alleinsein, habe ich es bald verlernt. Ich finde es so toll bei Dir, wie da überall ein Lächeln oder ein Augenzwinkern mit drinsitzt.

Ich soll Dir also tatsächlich schreiben, was mich an Dir stört? Das ist mir zu voreilig gefragt. Du denkst wohl, weil ich eine Lehrerin bin, müsste gleich Kritik kommen oder schon gekommen sein? Nein, vorerst freue ich mich, was Du da so alles schreibst. Schon gar nicht die Dinge, die Du aufgeführt hast. Im Gegenteil, ich finde Dich, wie soll ich das ausdrücken, "schwer in Ordnung". Ich glaube, Du bist ehrlich. Und das ist das Verblüffende, einen ehrlichen Menschen anzutreffen!

Dir kann man vertrauen, na, und ganz viel darüber hinaus. Deine Art zu reden und zu schreiben. Es gibt selten Menschen, mit denen es mir solchen Spaß gemacht hat. Und vor allem bin ich total gerührt und hingerissen, dass Du Dich mir so zuwendest! Auch allein schon die Tatsache, dass ich "Störendes" schreiben soll, finde ich mutig und ganz lieb von Dir. Echt!

Es gibt aber wohl schon Dinge, die irgendwie zwischen uns

stehen. Mit denen wir uns beschäftigen müssen, um zu sehen, ob sie abbaubar sind. Das Alter, die Jahreszahl sagen wenig. Aber Du hast schon so viel mehr Lebenserfahrung als ich. Mal sehen, wie weit wir uns ineinander "hineinversetzen" können? Dein Beruf hat Dich sicher auch geprägt, wie mich meiner. Manchmal merke ich es schon gar nicht mehr, wenn ich lehrerinnenhaft auftrete. Ich bin immer (schon als Heranwachsende) von der Idee ausgegangen, Verantwortung zu tragen und nach dem Guten zu suchen. Dann kamen viele Worte, Vorüberlegungen, Pläne und ganz am Schluss erst ein bisschen Praxis.
Ich wollte immer (außer Lehrerin) Entwicklungshelferin werden. Habe mal versucht, mit einem mitzuhalten, der eine Werkstatt für seelisch Behinderte leitete. Er hatte auch Slum-Arbeit in New York gemacht. Dabei habe ich mich ziemlich übernommen. Ich suche ein bisschen verkrampft das Einfache; habe selbst nie Not erlitten. Habe fast immer Glück gehabt! Ansonsten: ich freue mich auf Dich!
Meiner Mutter habe ich versprochen zu kommen. Also vorläufig mal Schluss! Bis bald! Wunderschönes Wochenende!

So, nun schreib ich mal
Deine Angela

Jan Troje   Samstag, 27. April 1985

Hallo, Angie Allmi,

ich habe Dir bei all unserem bisherigen Austausch von Briefen und Telefonaten noch nichts von meiner etwas pädagogischen Ader, die Du bei mir ja wohl auch schon entdeckt zu haben scheinst, geschrieben. Wie konnte ich nur.
Du weißt ja, dass mich Kinder interessieren, weil sie so ehrlich sind, so kreativ und noch so unverbogen direkt. Sie sagen im

Alter von etwa vier bis sechs Jahren noch alles ziemlich aus dem Bauch heraus. Was uns Erwachsenen total abgeht. Wir nennen das Taktieren, geschickt Diplomatie, wobei Heucheln, Schmeicheln und die tausend Notlügen immer mit dabei sind. Und Kinder machen für mich die besten Texte. Ich habe ihnen schon manche vorgelegt. Dann sagen sie, aber Herr Troje, so reden doch nur die Erwachsenen.

Natürlich ist die Sprache der Youngsters nicht gerade gutes Deutsch! Und wir schreiben ja jetzt an unserem Theaterstück. Darin wollen sie noch viel stärkere Szenen, mitten aus dem Alltag, spielen. Echt brutal. Wenn es um das Zusammenleben mit den Eltern geht, beschreiben sie wie in einem Drehbuch, wie das da abgeht. Jens 10 Jahre:" Meine Alten sitzen immer vor der Glotze, Tagesschau, Talkrunden, Sport und Krimis." Und Uwe, ein Achtjähriger war überrascht, weil sein Dad noch auf war. Er schaute ins Wohnzimmer, in die gute Flimmerstube, da habe er seinen Vater vor einer Sexkassette sitzen sehen. Mama schlief schon!"

Ich habe jetzt allen Mitgliedern unserer Theatergruppe einen gelben Schnellhefter gekauft. Wir teilen gerade auf, wer was macht. Immer donnerstags treffen wir uns. Deshalb hast Du mich am 25. auch nicht erreicht.

Die Gruppe besteht aus acht Jugendlichen. Von 8 bis 18 Jahren - eine ganz schöne Altersspanne. Der erst achtjährige Uwe musste am Donnerstag zuschauen wie Roberto (18) und Tanja (16) während unserer Theaterprobe anfingen miteinander zu knutschen und sich dauernd streichelten. Was würdest Du tun, Frau Lehrerin?

Ich habe mir das nicht lange angeschaut. Denn Uwe war ganz unkonzentriert und grinste immer zu den beiden hinüber. Ich habe dann einfach Roberto angesprochen und ihm gesagt, dass ich es schön fände, dass sie sich so gern haben, nur vor allen hier an diesem Abend? Sie sollen sich entscheiden, ob ihnen die Zärtlichkeit gerade wichtiger ist als unsere Theatergruppe und sollten einfach mal fünf Minuten nach draußen gehen und sich überlegen, ob sie mit uns weiter zusammen sein wollen oder einfach nach Hause gehen. Sie gingen schließlich und kamen nach weniger Minuten zurück. Ihnen sei das nicht so sehr aufgefallen, dass es für uns unangenehm sein könne. Sie wollten wieder mitarbeiten.

Das war für mich eine Erfahrung: ihre Zuneigung achten und sie vor eine Entscheidung stellen. War das aus Deiner pädagogischen Sicht gut? Ich weiß nicht so recht. Ich wollte nur nicht so autoritär sagen, hört auf mit dem Knutschen. Da hätte ich das völlig missachtet. Und so blieben sie und der kleine Uwe war auch ganz froh.

So, ich treffe nachher gleich meinen Freund Ulfert Janson, von dem ich Dir demnächst noch berichten will. Er ist mein Hamburger Freund. Wir waren zusammen auf der Werbefachlichen Akademie.

Schade, wärst Du in meiner Nähe oder ich in Deiner, könnten wir uns heute am schönen Wochenende ganz fest in den Armen liegen.

Ich hätte Lust dazu! Und Du?
Bis bald!

Falls Du heute Abend anrufst, klingelt alles umsonst. Mein Kanarienvogel kann leider nicht abheben. Nur mit den Flügeln von der Stange, wenn ich die Käfigtür öffne und der lausige Schlingel ziemlich schnell zum Freiflug ins Zimmer ansetzt. Ach, den kennst Du ja auch noch nicht. Er heißt übrigens Mark Antonius. Sein Vorgänger hieß Wladimir. Ich mag Vögel nicht Hansi und Peterle taufen. Ich war also nicht daheim. So geht erst dieser Brief am 29. raus.

Hab Geduld! Vielleicht rufe ich Dich morgen an. Es wird knapp werden, liebste Frau, ich fahre nämlich zu meiner Mutter nach Borksheide.

Dein Jannie!

Angela Allmendinger

Lieber Jan,

bist Du auch so hin- und hergerissen von Pflichten, Wünschen, Überlegungen, Bedürfnissen, Träumen, Begegnungen, Plänen, Realitäten, widersprüchlichen Gefühlen wie ich jetzt? Ich schreib Dir mal, was ich gerade zum Thema: "Entspannen!" empfinde:

Gar nichts tun!!
Alle Körperteile entspannen.
Die Gedanken baumeln lassen.
Die inneren Bilder wie Wolken vorbeiziehen lassen!
NICHTS "müssen"!
Hinfühlen: ich lebe!
Leben um mich herum - schön...
Allein sein - dabei mit allem Leben verbunden!
Dankbarkeit!
Alles loslassen - auch die liebsten Zwänge.
Den Atem spüren...
Die Wärme der Sonne auf der Haut.
Das Streicheln des Windes.
Die leichte Berührung eines Schmetterlings.
Den Lerchen zuhören, wie sie trällernd hoch über Feldern jubilieren.
Sich des Lebens neu bewusst werden.
Zur richtigen Zeit sich wieder aufrichten.
Gestärkt zurückfinden in die Wirklichkeit.

Mein kürzester Brief bisher. Ich bin in Eile!

Deine Angelina

Angela Allmendinger

Lieber Jan,

ich kniee, liege, hocke unter einem niedlichen Apfelbäumchen im hinteren Garten meiner Hauswirtin. Es fängt gerade an aufzublühen. Lauter Insekten surren drin rum. Unzählige Vögel zwitschern. Neben mir die Schafe mit einigen Lämmchen. Schmetterlinge spielen "Fangerles" wie die Württemberger zu sagen pflegen. Mein ungewaschenes Geschirr trocknet vor sich hin; ich müsste eigentlich ganz rot sein von der Sonne, in der ich eben herrlich gedöst habe. Ich ertappe mich dabei, dass ich Dir im Geiste dauernd alles erzähle. Du müsstest eigentlich so ein EDV-Endlos-Papier eingespannt haben. Aber das wird ja bald der Computer übernehmen, da können wir dann speichern und speichern. Da kommt was auf uns zu. Hast Du Dich damit schon auseinander gesetzt?

Ich hoffe, Du schnupperst bei all Deinen Aktivitäten trotzdem in den Wonnemonat hinein? Bei meinem Französisch-Kurs heute früh meinten meine Schüler, wir müssten unbedingt das Libellenschlüpfen im Schulgarten beobachten. Dort haben sie einen Teich angelegt.

Hallo, Jan, wenn Du diesen Brief bekommst, hast Du Geburtstag! Bestimmt hast Du eine tolle Feier mitten im Mai! Ich wünsche Dir, dass Dein neues Lebensjahr nicht nur gut anfängt. Dass Du es voll Dankbarkeit genießen kannst. Dass es gesegnet wird. Dass Du es richtig leben kannst. Dass Du aus der Freude raus lebst, dazusein, geboren zu sein, so zu sein, wie Du jetzt bist. Dir also, herzlichen Glückwunsch! Prosit! Siehst Du, wie der Sekt im Glase prickelt? So geht es mir - ich gestehe leicht errötend - immer wieder mit Dir! Du hast für mich irgend etwas Prickelndes. Das also ist das berühmte Kribbeln im Bauch, wovon die Verliebten träumerisch schwärmen? Halt, ich und verliebt!? Wenn Du willst mache ich Dir damit ein Geständnis-Geschenk? Oder willst Du so was nicht haben?

Was ganz anderes fällt mir ein, Du-hoch-soll-er-leben-Du! Du sagtest (verblüffend für mich), dass Du unter "Frau sein!" verstehst, dass sie sich nicht immer nur anpasst und duckt, sondern auch selber Ideen hat, Initiative ergreift. Du nanntest als Beispiel Theaterkarten, die sie einfach gekauft hat. Wie, wenn ich tatsächlich was Eigenes bringen würde, was Dir gar nicht in den Kram passt? Wenn ich zum Beispiel ein echtes Gespräch mit einem Menschen aus Sri Lanka oder aus Uganda viel aufregender fände als ein Theaterstück?

Ich möchte sehr vorsichtig sein mit großen Worten, belastenden Zukunftsideen und vorschnellen Entscheidungen. Ich kann nur sagen, dass ich es bis jetzt sehr schön fand. Ich fühle mich bei Dir fast schon ein bisschen wie zu Hause. Wir sind zwar ganz schön verschieden. Jedoch Gleichförmigkeit wäre viel zu langweilig. Und der geschlechtliche Unterschied als gegenseitige Ergänzung hat ja auch seinen ganz besonderen Reiz. Finden Sie nicht auch Herr Briefeschreiber und Telefonierer? Letzteres ist ja auch viel bequemer. Schreiben ist viel schwieriger. Der andere kann nicht gleich darauf antworten. Muss es hinnehmen, sich zurechtlegen, wie es gemeint sein könnte, zu wessen Vorteil? Ich mag Dich gern ansehen, treffender gesagt: Ich finde Dich zum Knuddeln gut. Zum "Fressen gern" lieber nicht. Aber so "narrisch scho", wie hier "d'Leit red'n".

Ich denke immer, jemand wie Du muss doch viel Erfolg bei den Frauen haben...Ich muss direkt aufpassen, nicht auf Dein Äußeres, Deine ganzen Begabungen "reinzufallen", aber hinter den "Kulissen" ist so viel Echtheit, Freundlichkeit, Rücksicht: Ich habe Vertrauen, dass wir einander nicht missbrauchen und dann fallen lassen. Und weißt Du, was ich noch bei Dir toll finde? Deine Offenheit, Dich zu verändern. Aber nicht so, dass Du Dich willenlos von anderen beeinflussen lässt. Du suchst es Dir selber aus, wie Du sein willst.

Inzwischen ist es Sonntagmorgen. Schon wieder so ein strahlender Tag! Vielleicht schaffe ich es endlich einmal wieder, schwimmen zu gehen. Ich liebe es besonders, in Mineralwasser zu tauchen. Spürst Du auch die Haut des Wassers? Die Oberfläche kann ich streicheln, und im Mineralwasser viele kleine Perlen schlagen. Schon wieder Prickeln!

Verflixt und zugenäht - ich muss noch eine Klassenarbeit korrigieren und eine Übersetzung fertig machen. Übrigens: ich fand
das riesig von Dir, dass Du anriefst. Allein die Vorstellung, dass
es jemanden gibt, der sich dafür interessiert, wie es mir geht
und was mich bewegt, macht das Leben viel schöner! Heute
Mittag gibt es mozzarella in carrozza. Da ich keinen mozzarella,
sondern nur Trappistenkäse bekommen hab, müsste es eigentlich heißen: trappista in carrozza. Norditalien muss schön sein!
Ich entscheide mich noch! Mit Dir? Oder ohne Dich!
Happy birthday, Wonnejunge im Wonnemai! Und bis bald! Als
Geschenk habe ich ein Lied für Dich gemacht. Ich spiele Dir's
mal durchs Telefon, sobald ich Dich in der Leitung habe.

Deine Angela

Jan Troje   Mittwoch, 22. Mai 1985

Der schönste Monat unter allen Monaten.
Es blüht immer noch. Ich liebe weißen und blauen Flieder.
Ich sauge gerne die Blütenstile aus, das schmeckt so wunder-
voll süß! Probier mal. Es ist wie ein Zaubertrank!

Liebe Angelina,

Kennst Du das? Meine Ruhe ist hin, mein Herz ist schwer? Ich
finde sie nimmer und nimmer mehr. Aber bevor ich stöhne und
ächze. Wie geht es Dir eigentlich? Bedanken will ich mich für
Deine so schwungvollen Geburtstags-Glückwünsche. Nein, ich
habe nicht groß gefeiert. Ich mag Geburtstagfeiern nicht so
sehr. Vor allem diese oberflächlichen Glückwuscharien wie
"Happy Birthday to you" und "Alles Gute für dich!" und viele
Heucheleien mehr. Ja, ich bin empfindlich! Du wirst mich fra-

gen, "Wie hätten Sie es denn gern, Herr Troje?" Meine Antwort:
"So wie in Deinem Brief vom 16. Mai!"
Wie schön Du wieder geschrieben hast. Es war ein richtig liebes Briefgeschenk! Ich freue mich, dass Du zum Glück beschwingt und voller Optimismus bist. Du "Opti"-Frau! Du hast einfach ein viel erfüllteres Leben als ich, siehst nicht überall Fallen und Negatives. Du bist nicht so misstrauisch wie ich. Dein Elternhaus macht da sicher viel aus. Ich hatte so ein kompliziertes Elternhaus mit ganz sensiblen und lebensfremden Anverwandten, die immer in die Erziehung meiner Eltern rein redeten. Und die ließen sich das aus vielen Zwängen heraus, gefallen.
Wenn ich mal eine Familie habe, steht diese an oberster Stelle. Erst danach kommt der Beruf, dann wieder meine Familie und zuletzt die so liebe Verwandtschaft. Geschwister? Vergiss es! Meine Geschwister haben sich kaum um mich gekümmert. Lassen wir mal Kindheit weg. Darüber können wir uns ja ein anderes Mal austauschen. Heute will ich Dich ein bisschen aus Deinem Schneckenhaus mit Kurt Tucholsky herauslocken. Und hoffentlich habe ich dann nicht noch zu viele Provokationen drum herum garniert. Also Achtung, es geht los!!!!

Sehnsucht nach der Sehnsucht
Erst wollte ich mich dir in Keuschheit nahn.
Die Kette schmolz.
Ich bin doch schließlich, schließlich auch ein Mann,
und nicht von Holz.

Der Mai ist da! Der Vogel Pirol pfeift.
Es geht was um.
Und wer sich dies und wer sich das verkneift,
der ist schön dumm.

Denn mit der Seelenfreundschaft - liebste Frau,
hier dies Gedicht
zeigt mir und Ihnen treffend und genau:
es geht ja nicht.

Es geht nicht, wenn die linde Luft weht und
die Amsel singt -
wir brauchen alle einen roten Mund,
der uns beschwingt.

Wir brauchen alle etwas, das das Blut
rasch vorwärtstreibt -
es dichtet sich doch noch einmal so gut,
wenn man beweibt.

Doch heller noch tönt meiner Leier Klang,
wenn du versagst,
was ich entbehrte öde Jahre lang -
wenn du nicht magst.

So süß ist keine Liebesmelodie,
so frisch kein Bad,
so freundlich keine kleine Brust wie die,
die man nicht hat.

Die Wirklichkeit hat es noch nie gekonnt,
weil sie nichts hält.
Und strahlend überschleiert mir dein Blond
die ganze Welt.

Kurt Tucholsky 1919

Oh, Angelina, 66 Jahre ist das her, was da Herr Tucholsky
schrieb. Nimm es nicht persönlich. Wir brauchen alle etwas,
was das Blut vorwärts treibt? Ist es nicht die Faszination des
Lebens? Wir wollen mit allen Sinnen leben, nicht der Lange-
weile anheim fallen. Wir brauchen Spannung, etwas, was uns
anzieht und verzaubert. Wer könnte das besser als Amor, wenn
er beiden wie im Sommernachtstraum einen Zaubertrank
anbietet. (Oder Fliederblütenstile) Den Kelch der Liebe! Und
wer sich diesen verkneift, ist ganz schön dumm!
Und doch! Unsere Keuschheit geht mir irgendwie im Nachden-

ken so langsam auf die Nerven. Deine Grundsätze! Dein "Ja" nur für den, zu dem Du am Altar vor Gott "Ja" gesagt hast. Dein Dich Aufbewahren bis zum ehelichen Ja? Das schockt mich doch ziemlich. Obwohl Du mir ja neulich am Telefon gestanden hast, dass Du gar nicht so zurückhaltend sein willst. Wenn der Richtige kommt, dann würdest Du schon schwach werden. Aber wann kommt der? Sagt er Dir, hallo, ich bin der Richtige. Komm schlaf mit mir und Du wirst dann für alle Zeiten süchtig nach einem Mann sein?

Diese Bluffer der Lust? Aber Vorsicht, liebe Angelina, vielleicht bin ich auch einer? Einer, der nur so heilig tut, aber mit fast jeder "Wollustnudel" die tollsten Nächte verbringen würde? Ich weiß, eine sehr naive Denk-und obendrein auch für Dich ungewohnte Ausdrucksweise. Du bräuchtest ja nur ein bisschen mehr Deinen weiblichen Körper betonen. Dich in ihm wohl fühlen wollen.

Bei Deinem Wonnepo! Und Deinen BH nicht zu groß einkaufen. Ich kenne gleich Deinen Protest, was ich mir erlaube, so dummes Zeugs zu schreiben, Du wärst doch keine solche Ordinäre. Und Du würdest einschnappen, Dein Telefon vergeblich läuten lassen. Nein, so kann ich Dich bestimmt nicht überzeugen. Einfach Deinen Körper einschnüren? Was bringt das? Nur für Männeraugen etwas, was nicht akzeptabel sein kann. Wir sind beide irgendwie wie verknotet. Auch ich weiß mir bzw. uns nicht zu helfen. Alles nur im Kopf? Könnte nicht das Gefühl uns zueinander führen und durch Berührung zum Körperlichen sich tastend bewegen? Ich will Dich bestimmt niemals benutzen. Gibt es nicht innere Wallungen aus dem Blut heraus, eine unglaubliche Sehnsucht nach Wärme, Geborgenheit, Vertrauen, dem andern nicht zu schaden, sondern Gleichklang zu erzeugen. Körperlichen Gleichklang, dem der geistige vorausging? Könnten wir uns nicht in unsere Gefühle fallen lassen ohne abzustürzen? Dass es uns einmal den Verstand ein wenig beiseite schiebt und wir uns spüren. Darin könnte doch Hoffnung liegen. Welche Menschen machen sich schon solche Gedanken? Wer unsere Zeilen lesen könnte, würde uns wohl als hypersensibel einstufen. Die schönste Sache der Welt verschiebt ihr auf den Tag X? Wir könnten doch mehr wagen. Wenn Du von mir so angezogen bist, denke ich mir, entsteht doch auch der Wille zum körperlichen Einssein. Wir sollten uns sehen und uns mal aneinander kuscheln, nichts mehr reden und diskutieren. Einfach nebeneinander liegen und uns nichts fragen. Selbst, wenn wir vor lauter Erwartung wie gelähmt sind und vor Müdigkeit einschlafen, hat etwas Neues in unserer Beziehung begonnen. Meinst Du nicht auch? Hat Dein Christus, der uns angeblich geschaffen hat, nicht auch die Geschlechtlichkeit von Mann und Frau einschließlich der sinnlichen Freude gleich dazu gemischt, damit wir Freude haben (- und nicht aussterben!!!). Du willst durch die Liebe Frau werden, willst endlich aus Deinen Träumen erwachen? Träumst Du oft? Und was träumst Du? Ich weiß, im Brief ist das leicht gefragt. Wenn wir uns wieder treffen, könnten wir mal darüber reden. Oder ganz einfach verstummen und nicht alles zerreden und dabei den HERRN immer dazwischen "funken" lassen.

Das lähmt mich als Mann. Ich halte mich zurück, weil ich Dein Signal nicht vergessen habe: Nur in der Ehe! Liebe Angela, das kann ganz gewaltig schief gehen. Was wäre, Du lernst wieder einen Mann kennen und Du sagst es auch ihm. Und der ergreift gleich die Flucht oder versucht es Dir mit etwas Nachdruck begreiflich zu machen, bis Du nachgibst? Und wenn es dann der falsche Partner ist? Einer, dem es Spaß gemacht hat, Dich "zu knacken". Ich will nicht weiter schreiben, ich verheddere mich im Gestrüpp von Worten.

Du hast mir wieder zwei Bilder geschickt. Klasse, und ausgerechnet im Bikini. Einfach super! Das hätte ich nie von Dir gedacht! Du im Bikini! Ganz schön sexy und kurvenreich. Deine Bilder vorher waren so brav und Du hattest die Hose Deines Bruders an. Das fand ich nicht so anziehend.

Hast Du Dich sehr überwinden müssen? Hat Dich Deine Freundin fotografiert? Sicherlich. Freu Dich doch, was Du hast. Und dass Du es hast. Es macht mich an, wie viele heute sagen. Wenn wir uns wieder treffen, hoffentlich sehr bald, will ich Dich original im Bikini sehen. Und ohne, wenn wir zusammen duschen. Zu frech? Ich wollte ja aufhören damit. Es ist ein

Thema, bei dem Du ständig nach Luft schnappst und doch so vieles erwidern willst.

Und das geht nicht bei dieser schreibenden Einseitigkeit. Anrufen kann ich Dich jetzt auch nicht, denn es ist bereits 1 Uhr. Und ausgerechnet auch noch Vollmond. Wenn ich Blödsinn geschrieben habe, rede ich mich auf diese gelbe Scheibe raus. Treffen wir uns jetzt mal mutig bei Dir? Oder bei mir? Think it over! Kopf oben ausschalten, Frau Allmendinger! Nicht gleich ans Heiraten denken, sondern verantwortungsvoll leben und lieben.

Hast Du nicht auch Sehnsucht nach Sommer? (Und nach mir?!!? Du lobst mich so sehr und Du sprichst in Gedanken jeden Tag von mir! Aber wir wagen nichts.)

Dein Anruf war wohltuend. Als ich am Sonntagnachmittag nach unserem Telefonat auf meinem Bett noch ein wenig liegen blieb, um unser Gespräch nochmals nach zu empfinden, lag ich in Gedanken neben Dir und schaute ins blaue Himmelsgewölk. Da schob sich eine pausbackige, kleine, watteweiße Wolke heran, blinzelte mir zu, schmunzelte auffordernd und flüsterte mir ganz leise ins Ohr: "Endlich! Mach ihr die Bluse auf, ganz behutsam, jeden Knopf, den du befreist, soll ihr ein Prickeln schenken."

Erschwerend kommt jetzt noch dazu, dass Du mir in Deinen letzten Briefen geschrieben hast, dass Du wohl ganz "doll" in mich verknallt bist. Oder so ähnlich. Am Dienstagabend nach einem harten Agenturtag - wir hatten den ganzen Tag PPM und über unsere Saunaseife gequatscht, (PPM= Pre Produkt Meeting) da ging es mir wieder durch den Kopf. Am Sonntag zum zweiten Mal. Angela in mich verknallt? Weibliche Taktik? Du entfachst im Kopf was und der übrige Körper kommt in den Kühlschrank. Oder gar ins Gefrierfach vier Sterne? (Und das alles, weil Du dich aufbewahren willst?)

Verzeih, ich fange ja schon wieder an. Dieses Thema muss wohl unheimlich wichtig für mich sein. Oder immer wichtiger werden in unserer Beziehung. Ich bin jetzt einfach zu faul, Deinen Brief herauszusuchen, worin Du Dich über das Thema Sex auseinander setzt.

Und Du musst vorher immer Deinen Jesus fragen? Oder bin ich jetzt zu böse? Lebe mal mit mir. Nach drei Wochen hast Du genug! Oder doch Appetit bekommen?

Stell Dir vor Tag und Nacht beisammen. Du willst in den Bilbelkreis und ich ziehe Dich ins Bett zurück. Mit Erfolg. Du rufst Irma an, Du wärst so erkältet, hustest auch noch beim Telefonieren, schmeißt den Hörer drauf und legst Dich juchzend auf mich, über mir Deine Löwenmähne, funkelnde Augen und Deine wohlig schaukelnden, runden Brüste.

Du sagst leidenschaftlich wie etwas gequält befreit wollüstig: „Du Schuft hast mich wieder rumgekriegt! Und wir schließen für Sekunden die Augen. Du bleibst oben und beginnst der weiblichen Dominanz die Ehre zu erweisen. Und immer lockt das Weib. Welch ein Frühstück auf dem Balkon mit den dicht nebeneinander gesetzten Margariten in Deinen Balkonkästen. Ich liebe diese weißen, sternförmigen Blüten mit dem warmgelben Dotter in der Mitte. Und danach im Bademantel in die mondäne Schwimmhalle des Family-Hauses im Erdgeschoss. Träume eines Trojes, eines Stieres, der das für uns ersehnt. Frauen, ach ja Frauen, Stoßseufzer! Erst wollen sie einen, dann werden sie schwanger.

Von da an leben sie in Lockenwicklern und mit Alete-Babyfläschchen, tauschen sich aus über Pampers und trockene Bündchen, quatschen über Paidi-Bettchen, Maxi Cosi und Bobby Cars. Mit pompösen Kinderwagen bei Regen und Sonne mit Schirmchen und Plastikdächlein. Und demonstrieren Mutterglück par excellance. Nur ihren Körper tragen sie nicht mehr zur Schau und zur Anlockung. Das war einmal. Manche Paare sollen ja dann den ehelichen "Pflichten" jahrelang nicht mehr nachkommen. Das Feld der Eheberater ist eröffnet. Therapie für Paare. Sich finden, sich wieder entdecken. Zur Vermeidung von Schlimmerem. Oder alleinerziehend werden, mit Besuchszeiten für den ehelichen "Versager". Ein Szenario für Deine Zukunft? Ich will Dich nicht abschrecken. Nur, ich habe einen Horror davor.

Männer, ach ja Männer. Lauter Dummköpfe? Erst wollen sie mit einem ins Bett, später lüstern sie von dannen. Du siehst an meinen Zeilen, ich bin so recht durcheinander. Mal liebevoll, dann wieder recht zornig.

Und Seitensprünge gibt es allerorten. Offiziell bis spät im Büro. Dienstreisen sind willkommen. Während Mama ein Schlummerliedchen an der Wiege singt, freut sie sich, wenn die Tür aufgeht und der arbeitsmüde Gatte heimkehrt an den Herd. Ein Süppchen in Ehren für den Spätheimkehrer. Dabei hat er längst gegessen und am Kelch der Liebe bereits getrunken. Die fesche Kollegin brauchte mal wieder Abwechslung und nahm ihn mit zum "Korrekturlesen" einiger wichtiger Texte für den so termingebundenen Geschäftsbericht.

Kurzes Glück, aber leidenschaftliches Glück. Dann nochmals Liebe? Das gibt es wohl auch, aber das muss nicht sein, wenn Gähnen "Zu-Bett-gehen-schlafen" signalisiert. Und Frau Mutter ist ja auch so müde vom Babytag.

Genug, die Hitzen haut mi um, wia a Scheitel Holz vom Hackklotz. War das bayerisch? Denn man tschüss!

Dein Jan

Das war mein bisher längster Brief. Brauchst Du eine Lesemaschine? Ich erfinde eine. Was hältst Du von einer Kassette, auf die ich alles drauf spreche? Irgendwann macht ja alles der Computer.

Immer mehr Briefe folgen - und überschneiden sich.....

Angela Allmendinger   Pfingstsonntag, den 26. Mai 1985

Mon cher Jan,

wie liest sich so eine Anrede? Macht Dir das Ängste? Nun ist
Pfingstsonntag, Mitternacht.....
Komme eben vom Grillabend. Am Bach, mit einem ganz dun-
kelrotgoldenen Sonnenuntergang. Viele schöne Lieder, Asche
in den Haaren, Mückenstiche, erschütternde Berichte von den
Asylanten (eigentlich Asyl-Bewerber), kaum zu begreifende
Worte der Hoffnung, des Mutes; unvergessliche Anblicke von
den jungen, oft sehr schönen Gesichtern, wie sie (trotz allem!)
lachen bei den Spielen...
Eben fiel mir ein, dass der Briefkasten am Pfingstdienstag
geleert wird und womöglich kommt mein Brief nicht mal am
Mittwoch bei Dir an.
Gute Nacht Jan! Oder guten Morgen. Oder guten Abend! Wann
kommst Du immer heim und bekommst Deine Post? Ich mit-
tags.
So viele Briefe hin und her zwischen uns. So geht das nicht
weiter! Wir wissen ja beide schon gar nicht mehr, wo wir anfangen und aufhören sollen. Wollen wir mal anfangen, die Kunst
des Machbaren zu üben? (Reizvolle Aufgabe, sagt mein
Deutsch-Kollege beim Volleyball immer, wenn's 2 : 13 oder so
steht!!)
Lass Dich einmal 800 Kilometer lang vorsichtig bis fast doll
umarmen! Wir sollten was aktiv unternehmen. Und mit Schreiben mal endlich pausieren! Verflixt noch mal! Ich habe einfach
Sehnsucht nach Dir! Ich brauche Dich mehr denn je! Sapperlot!
So ist das mit mir! Unerträglich. Ich sehne mich nach Dir! Meine
Schüler haben mich gestern angesprochen, ob ich verliebt sei.
Ich würde so strahlen und doch so wie abwesend sein. Mann
Troje, mach bloß so weiter- ich bekomme noch einen Anfall
wegen Dir Blödian-Mann, oh Mann!
Blöd bist Du ja leider nicht, sonst wären wir mit unseren Brie-
fen nicht so weit gekommen! Meinst Du nicht auch, unsere Kor-
respondenz kostet ganz schön Zeit!

Ich umarme Dich, spüre Deine Wärme und wie Du mich ganz zart ins Ohrläppchen beißt. Weißt Du, dass das durch und durch geht? Ich weiß auch noch ganz andere Stellen, glaub mir!

Deine Angelina

PS: Ich hab grad den dritten Cherry getrunken. Ich brauch das seit neuestem beim Schreiben an Dich. Es betäubt etwas, schaukelt mich in Glückseligkeitsträume....

Angela Allmendinger   6.Juni 1985
                                    Fronleichnam, Euer Feiertag!

Lieber Jan,

erster Ferientag. Ich sitze im Liegestuhl und lese Deinen echt super super langen, verrückten, zwiespältigen, unverschämten und doch sehensuchtsvollen Riesenbrief, der kurz nach Pfingsten eintraf. Ich meine Deinen Brief vom 22. Mai, den ich nun zum dritten Mal hier draußen im Garten lese, um Deine vielen schönen und doofen Ausführungen zu verkraften! Tut mir leid! Wie lange hast Du daran geschrieben? Ich denke, Du hast so viel zu tun und zu schreiben bzw. zu texten? Deine Kampagne für Katzenfutter - was ist eigentlich daraus geworden? Du hattest eine Präsentation beim Kunden? Gewonnen? Oder bist Du schon rausgeschmissen worden? War Dein idiotischer Kontaktgruppenleiter zufrieden mit Dir? Dein Kunde ist ja so sensibel wie Du mir neulich am Telefon erzähltest. Aber davon verstehe ich ja nichts.
Ich hatte Dir am Pfingstsonntag gerade so innig – wie ich glaubte – geschrieben. Dass ich schon zur "Säuferin" werde wegen Dir. Jetzt bereue ich ein wenig meine Geständnisse, denn ich ahne, was auch Du mir vorwerfen willst. Und das – ganz schön raffiniert – über Herrn Tucholsky, den ich im Grunde meines Herzens sehr schätze. Mal langsam, lieber Jan! Bevor

ich darauf eingehe, und Dir eine Art Entgegnung schreibe, sollst Du erst einmal von mir ganz andere Dinge hören, die mich bewegten. Und ich will auch nicht gleich am Anfang meinen Dampf gegen Dich ablassen.

Um Gelassenheit zu üben, lasse ich mir die Sonne erst einmal ins Gesicht scheinen. Ein laues Lüftchen weht, Vögel zwitschern. Nachbar's Kinder schaukeln. Eigentlich wollte ich die Sonnencreme mit nach draußen nehmen, aber als ich draußen war und mir Dein neuester Brief und noch zwei frühere aus der Hand und ins Gras fielen (meine Wirtin will, dass ich endlich den Rasen mähe, das habe ich dummerweise im Mietvertrag unterschrieben, wegen der Bewegung an der Luft!) kam ich in Stress und vergaß mich einzucremen. Möge die Sonne Erbarmen haben und mir keinen Hautkrebs bescheren. Es ist so friedlich hier und ich könnte platzen vor Lebenslust und Wut, weil Du nicht hier bist, Du verdammter Kerl. Frau Semmlinger, meine Nachbarin, macht Kirschen ein. Eine Katze sitzt draußen auf dem Feld und wartet auf das Mäuschen. Ich dachte ans Katz und Maus-Spiel und fühlte mich wie die arme Maus als Spielball des Untieres. (und dachte dabei sofort an Dich!)

Die letzten Schulstunden liefen locker. Wir kamen aus dem Feiern nicht mehr heraus. Schülerkonzertabend, Volleyball mit Abschlusstreffen, Aula-Veranstaltung im Gymnasium. Und dazu die quälenden Fragen, wo fährst du denn hin im Urlaub? Kanaren, Seychellen, Australien, Borneo oder nach Norwegen? Ich staune immer, wie super es die Deutschen haben. Reisen überall in ferne Länder. Sehe ich hier das Elend unserer Asylanten, bin ich traurig, was wir uns leisten und wie wir mit anderen Menschen umgehen. Das Thema mag ich jetzt nicht vertiefen. Aber einige bleiben auch hier und da können wir Balkonien - und Gartenurlauber uns mal gegenseitig besuchen. Dann war am Sonntagvormittag ein Frühstückstreff vom Ruderverein, d.h. von den Kanuten-Sportskameradinnen. Ich hätte ja Lust gehabt eine Runde zu paddeln, aber wir mussten Verwaltungsarbeiten erledigen, Kassensturz machen und wollen nächste Woche mal in einer kleinen Gruppe ein bisschen schippern.

Das Wetter ist ja gerade ausgezeichnet. Und zum Blaubeeren

sammeln soll ich auch noch mit dabei sein. (Machen wir traditionsgemäß jedes Jahr und backen dann Blaubeerkuchen mit ordentlich schöner dicker Sahne für eine lustige Kaffeerunde.) Gestern war ich dann auch noch beim Bibelhauskreis. Wir hatten das Johannes - Evangelium am Wickel und kamen auf das Ergriffensein durch die Begegnung mit irgendwelchen Leuten zu sprechen, die eine besondere Ausstrahlung haben.

Zwei von uns hatten vor drei Wochen eine Romfahrt gemacht. Als sie den Papa di Roma in Castel Gandolfo bei der Audienz erlebten, ging es ihnen durch und durch. Fällt mir gerade ein, Du wolltest mal von mir einen Tipp haben, mit welchem Evangelisten man beim Bibelstudium am besten anfängt? Lies mal das Matthäus-Evangelium, in sehr großen Abschnitten, dann den Römerbrief, besonders letzte Hälfte; als etwas Fortgeschrittener dann das Johannes-Evangelium.

Dir noch vielen Dank für Deinen Anruf-Versuch gestern! Dabei hatte ich schon Deinen Brief. Es ging mir ganz merkwürdig mit diesem Brief! Ich staunte über die vielen Bilder, Schrift, Gedicht, war ganz entzückt... Aber auf einmal bekam ich eine Wut!

Eine Stinkwut! Ich habe danach abgewaschen, so heftig, dass ein Teller zu Boden ging und ich vor lauter Zorn die Scherben wegkickte. (die ich natürlich viel zeitraubender dann wieder zusammenkehren musste). Später las ich dann nochmals und wurde wieder etwas ruhiger, weil Du auch so raffiniert reizvoll formuliertest. Willst Du mal einen Roman schreiben? Das kann ich Dir nur empfehlen. Da kannst Du alles so schön und so brutal schreiben, ganz nach Deinem Gusto. Und kannst dabei nur den/die Leser erschrecken, amüsieren oder anmachen. Aber wenn man einem sensiblen Menschen wie mir schreibt und dazu noch so ellenlang, dann lieber einen kurzen Brief. Denn dieser Brief ist einfach zu viel für mich.....

Dazwischen stellte ich fest, dass das neue Schuljahr viel abverlangen wird. Ich habe wieder eine Klassenleitung. Es ist die 7. Klasse. Meist noch niedliches Alter, angenehm, reizvolle Aufgabe, gerade der Übergang von der OS, die ich jetzt kennen gelernt habe. Dort fünf Stunden Französisch, zwei Stunden Erd-

kunde. Viele Elterngespräche, Organisation, sprich Klassen-
fahrt. Dann habe ich in der Neunter vier Stunden Französisch,
eine der unangenehmsten Klassen der Schule, aber machbar.
Richtlinien und Schulbuch weichen stark voneinander ab. Viel
Vorbereitung, neu einarbeiten. Du kannst Dir das als Werbemann in einer Werbeagentur gar nicht vorstellen. Und Abitur-
vorbereitung! Außerdem gibt es einen neuen Erlass, wonach
man die Stundenzahl doch noch länger reduzieren darf. Du
wirst lächelnd ironisch sagen: "Ihr habt doch so schon dauernd
Urlaub!" Das sind halt die Klischees unseres Berufes. Ich lade
Dich mal in eine Klasse ein, stell Dich als einen vor, der einfach mal dabei sein will. Da kannst Du was erleben!
In Deinem Brief viele Gefühle und Gedanken, auf der Stelle treten mit meiner Keuschheit, die sich beim Anblick meines Biki-
nibildes doch nicht mehr so aufrecht erhalten lässt. Aber kein
einziges Wörtchen über unsere eventuell gemeinsame Ferien-
gestaltung. Wir wollten doch was zusammen unternehmen,
Mister Kneifer? Da hättest Du darauf eingehen können und Dir
wirklich die unterschwelligen Anspielungen sparen können.
Denn ein erster gemeinsamer Urlaub könnte ja dazu beitragen,
dass wir beide so schwach werden, dass sich alles von alleine
löst. Und wir im siebten Himmel schweben, Halleluja singen
und "danach" auf dem Balkon unserer Träume in blaue Himmel
entrücken. Und dann Deine Bemerkungen über die Frauen...
Bin ich doof? Fehlt mir da was oder reden wir total aneinander
vorbei????
Dies Tucholsky-Gedicht fängt ja ganz süß an, ist sprachlich
auch interessant. Aber dann mit einer auf mich gemünzten Ohr-
feige, ein Schlag in die Magengrube. Also, Frauen sind ganz
schön so zum die Sinne erregen da. Durch ihr Äußeres, der
rote Mund und die "kleine Brust" und das "wirbelnde Blond".
Da lässt es sich noch mal so gut dichten. Der gute Herr hatte
da wohl eine Krise mit Frauen? Er adressierte es an eine Frau.
Damit wird er sich wohl seine letzte Freundin vergrault haben!
Wahrscheinlich hatte er Pech mit Frauen - bei dieser Einstel-
lung kein Wunder. Er sieht nur ihren Körper und die Auswir-
kungen auf sich selbst. Er benutzt sie - und will sich auf diese

Weise an ihnen rächen bzw. sich durch die gekonnte Sprache anderweitig selbst bestätigen. Soll er sich doch das Haus mit lebensgroßen Frauenakten vollhängen. Von Künstlern gemalt, denen es ebenso ging wie ihm. Diesen Frauen tut er wenigstens nicht weh. Für jede Stimmung eine andere. (Wie bei Herrn J. W. von Goethe) Und was soll das heißen: "die Wirklichkeit hält nichts"? Hält die Wirklichkeit nicht, was sie verspricht? Oder gibt es nichts, was die Wirklichkeit hält? Er meinte wohl, etwas Besseres zu schaffen als die Wirklichkeit. Das ist die eigentliche Tragik der Künstler.

Eine gottverwandte Kreativität mitbekommen zu haben. Wenigstens die linde Luft und den Pirol besingt er schon mal. Übrigens: letzten Sonntag, bei der DDR-Fahrt, habe ich einen Pirol gehört.

Und dann schreibst Du so harmlos: "Nimm es nicht so persönlich!" Vielleicht kannst Du mir ein bisschen erklären, was Du meinst? Ich kapier's nicht. Meinst Du das ganze Gedicht oder bestimmte Teile daraus?

Weißt Du, mir geht es halt NICHT so: dass mich die Männerwelt erregt, wenn ich sie nur sehe. Ich habe immer auf Distanz gelebt. Ich weiß, dass Nähe schwierig ist, aber sie gehört halt auch dazu. Und Übereinstimmung kann auch eine große Kraftquelle sein. Was soll denn das am Schluss, das mit den "blöden Weibern" und ihren "Lockenwicklern und verlogenen Männern" - der ewige Kampf der Geschlechter? Und dann auch die Aussage: "Erst wollen sie einen, dann werden sie schwanger", gerade als ob das die größte Gemeinheit sei, die sich die Frauen für Mannsbilder ausgedacht haben!

Und die Männer: als ob das einzige, was zählt, die Erotik und der Sex wären. Und wenn die Frau nicht mehr reizvoll genug ist, ist das eben auch die Rechtfertigung, "von dannen zu lüstern"?

Vielleicht willst Du mich einfach nur wieder einmal rauspieksen aus meiner ach so für Dich "lästigen Keuschheit"? Nun hast Du Dir so ein hübsches Gedicht rausgesucht und geschrieben — und nun reagiert sie so giftig, wenn man nur das Thema anschneidet, wirst Du vielleicht denken.

Aber genug davon. Was anderes. Woher ich wissen will, dass ich in Dich verknallt bin? Das hört sich an wie bei kleinen Schulmädchen, die hämisch feststellen, wer in der Klasse noch nicht verknallt ist.

Du, wir müssen jetzt aufpassen, dass wir nicht zu Verschiedenes darunter verstehen. Manche verstehen darunter wohl eine flüchtige Zuneigung, die nach einer One-Night-Beziehung endet. Oder eine ganz starke erotische Anziehungskraft, die dann nur noch ein Ziel kennt: Standesamt. Tragfähig bis ans Lebensende?

Du weißt inzwischen ja ganz genau, dass ich von Deiner Zuschrift entzückt war. Bei Deinem ersten Telefonat und Besuch hast Du ein bisschen viel von Dir geredet, aber mir auch viel Interessantes und Schönes mitgeteilt. Wie Du Deine Kindertheatergruppe formiert hast und wie Du mit einem gelben Schnellhefter die Kinder für Dich gewonnen hattest. (Wie weit bist Du eigentlich mit der Weihnachtsaufführung?)

Du warst damals in der ersten Zeit unserer Briefe, Telefonate und bei unserem ersten Treffen so ansprechbar, so begeisterungsfähig. Wir entdeckten so viel Ähnliches und erfuhren immer mehr von einander. Du warst/bist mir dann nicht mehr egal, wir fanden ja auch keinen Grund wieder auseinander zu gehen; na ja, und ein ganz beträchtliches Stück fühle ich mich zu Dir - so als Frau - hingezogen.

Du kennst mich noch nicht in Schmusestunden, die ich ersehne - und mir halt nur mit Dir vorstellen kann. Da beginnst Du aber gleich zu zittern, und fühlst dich an den Traualtar gezerrt. Hast Du My fair Lady gesehen? Dort kann es einer nicht erwarten und singt "doch bringt mich, bringt mich zum Traualtar!" Das will ich bestimmt nicht. Allerdings, Deine Verdächtigungen wie "weibliche Taktik" verursacht mir schon eine Adrenalinausschüttung höheren Grades.

Genug der Motzerei! Es war vielleicht mal wichtig, so offen und deutlich zu sein und nicht immer poetisch - lieblich drum herum. Ich habe an dem Brief heute Vormittag und Nachmittag je zwei bis drei Stunden geschrieben, meistens ganz friedlich. Morgen fahre ich mit Mia, meiner schwedischen Freundin "in die Blaubeeren", abends Waldlauf. Kannst mitkommen. Aber Du bist ja zu feige, mal hierher zu mir in mein Reich zu kommen!

Dir ein schönes Wochenende!

Sei freundschaftlich geboxt, geohrfeigt oder mit einer Kopfnuss bedient
von

Deiner Angelina,

aus der Du nicht schlau werden kannst und willst. Es lebe unser Egoismus, unser ständiges Abgleichen und Verharren in unseren eigenen Welten.

Jan Troje   Samstag, den 15. Juni 1985

Liebe Angie,

wie Du mir, so ich Dir! Ich habe überhaupt keine Ängste, vereinnahmt zu werden. Wenn man/frau sich so viel zu sagen hat, schwingt etwas vertraute Leichtigkeit mit, sich ein wenig anlehnen zu dürfen. Da sind Koseworte wie im laukühlen Wind des Sommers eine atemfrische Prise für unsere Seelen. Findest Du nicht auch? Also Angie, wie das klingt. Genauso schön wie Dein »Mon cher Jan«. Übrigens werde ich ein begeisterter Briefe-Sammler werden. Ich muss mal zählen, wie viele Briefe ich jetzt schon von Dir habe. In Deinem Pfingstbrief hast Du mir irgendwie Mut und Kraft vermittelt, aber auch Trauer bzw. Entfernungstrauer.

Deine Beschreibung unter dem "niedlichen Apfelbäumchen" hat mich richtig erfreut. Du siehst die Natur ähnlich wie ich, bist fasziniert und teilst dies auch mit. Ich kenne viele Menschen, die das Blumige nicht mögen. Die nichts von sich erzählen wollen. Die daher nur in Oberflächlichkeiten reagieren. Wenn du nachfragst, weichen sie erneut aus. Sie haben keine Probleme. Und sie wollen auch nichts von einem blühenden Apfelbäumchen erfahren. Verharrst du hartnäckig, bleiben sie dir die Antwort schuldig. Geben einfach keine Antwort. Du wirst zum Glasmenschen und die Augen des Gegenüber glotzen durch dich durch.

Du schreibst vom "Libellen-Schlüpfen-Ansehen-Gehen". Neidisch könnte ich werden. Deine Wünsche "aus der Freude rausleben!", gingen für Minuten in Erfüllung. Einmal beim Lesen Deiner Zeilen, zum zweiten bei der Skigymnastik, die ich unabhängig von der Jahreszeit, ganzjährig jeden Dienstag absolviere. Du warst in Gedanken mit dabei. In der Turnhalle unserer Pädagogischen Hochschule in Trepenstedt. Da rennen etwa 150 bis 200 Jugendliche - und ich als mittelalterlicher Haudegen - nach heißer Musik über den Parkettboden. Ich genieße, trotz mancher Schweißtropfen, die verschiedenen Übungen wie zum Beispiel "Hampelmann", "Umsteigen", "Kopfdrehen" und "Radfahren". Kennst Du diese Übungen? Es war einfach eine große Freude! Für Augenblicke fühlte ich mich befreit von aller Enge und Kleinkariertheit. Ich dachte an Dich, Dein waches Wesen, Deine Art, Dich einzubringen, zu behaupten, abzugrenzen und Dich mitzuteilen! Und ich dachte auch, wenn sie mich so in engem Sportdress sehen könnte, wie ich elastisch zwischen den Skifahrersüchtigen herumtolle. Und selbst gar nicht Skifahren gehe.

Dir herzlichen Dank für die beiden Bücher, ausgewählt und übertragen und in historischer Folge von Jörg Zink angeordnet. Ob ich beide Bände je lesen werde? Auf dem Coverdeckel hinten steht: "Geben wir es ruhig zu: Vor dem Alten Testament hat der normale Bibelleser einen "heil gen Horror". (Ich auch!!) Auch diesen Teil der Bibel "lesbar" gemacht zu haben, ist das unbestreitbare Verdienst Jörg Zinks.", so der evangelische

Sonntagsbote, Kassel. Was ich allerdings vermisst habe, ist eine Widmung von Dir. Aber das können wir ja noch nachholen.

Ja, mein Suchen ist so ganz anders als Deine Erfahrungen mit dem lieben Gott. Oder gar mit Jesus, zu dem Du eine ganz persönliche Beziehung hast. Ob Du dich da nicht ein wenig zuviel hineinsteigerst? Ich frage Dich wiederholt, wann lebst Du eigentlich? Verzeih, Du bist ja auf dem Weg, der das Ziel ist, Frau zu sein, Partnerin zu werden! Ich ahne schon beim Schreiben Deine vielleicht sogar empörte Antwort! Ich warte sie mal geduldig ab, liebste Angelina!

Weißt Du, warum ich über Nacht so eitel geworden bin? Oder so stolz? Weil Du mich zum Knuddeln findest! Ich sehne mich wie Du nach Zärtlichkeit und vielleicht oder sicher auch nach mehr! Vor dem Sex brauchst Du wirklich keine Angst zu haben. Übrigens mein Freund Ulfert, von dem ich Dir schon mal schreiben wollte, ist ein großer Herzensbrecher. Er versteht sich echt auf Frauen. Er sagt immer: ''Bevor Du Deine Gedichte und psychologischen Auseinandersetzungen absolviert hast, habe ich sie längst verführt". Irgendwie ist da ja was dran. Er ist galant, bringt Dir eine Rose bei der Begrüßung lächelnd mit, macht Dir Komplimente, wie wunderschön Du gerade heute aussiehst. Und setzt nicht gleich etwas dagegen. Viel lieber lädt er Dich zum Kaffee ein, macht es Dir heimelig und lässt Dich Vertrauen gewinnen. Und auf einmal hat der Dich. Und Du fragst nicht mehr, ob Du Dich bewahren willst. Es ist einfach wonnevoll von ihm auf Händen getragen zu werden. Und er vermittelt Dir ganz intensiv, dass nur Du die Auserkorene bist. Und Du glaubst das! Auf diese Galanterie fällt Ihr Frauen ja immer wieder drauf herein! Sicher auch Du!

Während wir beide uns auseinander setzen und viele Stimmungen, das ganz natürliche Flirten überspringen und uns immer nur begutachten, um dann zu sagen, ja es ist der Partner fürs Leben. Wenn er nun auch noch mit in den Bibelkreis geht und daheim einen extra Raum für religiöse Gespräche mit einrichtet, und wenn dies auch noch funktioniert, dann will ich mich ihm schenken. Ist das nicht gesponnen? Ich weiß Deine

Antwort: "Jan, Du übertreibst maßlos!" Aber ist nicht wenigstens ein Fünkchen Realität in meinen Mutmaßungen?
Ich wünsche Dir ein schönes Pfingstfest, erfüllt vom "Holy Spirit!" Vielleicht überrasche ich Dich mit einem pfingstlichen Anruf! Oder hast Du viele Gäste an den Feiertagen? Sag's halt, wenn Dein Haus überquillt vor lauter Christen, Christen, Christen.

Tschüüüüüüüüüüüüüüüüüssssssssssssssssss,
Dein Antworter, Telefonierer, Entfernungsliebhaber und (un)verbesserlicher

Jan

Angela Allmendinger   Freitag, den 21. Juni 1985
                                               Sommeranfang – herrlich!!

Lieber Jannie,

Deine Liebkosungen haben mir sehr gut getan. Dein Brief!! (endlich!!!). Weiowei, Dein Brief ist viel viel mehr als ich jemals erwartet hatte. Eben war ich im Flecken einkaufen. Alles kam mir so fröhlich vor. Jappadappadunm - ich hab wieder einen Brief von Jan. Einen nicht mehr so langen, aber ganz schön lieben. Ich wusste nicht, dass Du in die Skigymnastik gehst.
Du eitler Bursche! Ich sehe Dich dort in der Turnhalle rennen. Wie du mit heißen Blicken auf die Popos der jungen Dinger starrst und beinahe andere umrennst vor Augenlust. Wir Frauen sollen ja auch oder speziell auf den Po des Mannes schauen. Aber mir geht es nicht so. Ich versuche, wenn mich ein Mannsbild interessiert, erst mal hinter den Kulissen einen Blick zu ergattern. Aber wenn Du mich jetzt fragen würdest, ob ich Deinen Po schon gesichtet habe, muss ich gestehen: Ja! Und? Und? Wie ist er, fragst Du?

Schreib` ich nicht. Wenn wir uns wieder mal sehen, werde ich Dich in Deinen Allerwertesten kneifen, dann weißt Du's.

Ist es nicht komisch? Vor kurzem kannten wir uns noch gar nicht. Und jetzt geht es uns schon so..."narrisch" wie die hier in Bayern sagen! Heißt das nicht schon, dass Du für mich wichtig geworden bist und umgekehrt? Dass Du schon zu meinem Leben dazu gehörst! Zumindest in Gedanken.

Übrigens die Briefe laufen jetzt ziemlich durcheinander. Ich komme nicht mehr nach, auf alles einzugehen. Durch das Telefonieren komme ich auch ganz durcheinander. Wenn ich dann wieder schreibe, weiß ich wirklich nicht mehr, ob wir uns darüber ausgetauscht hatten. Irgendwie sollten wir mal eine längere Zeit zusammen sein und alle unsere Briefe gemütlich durchlesen und dann das herausziehen, was noch in der Luft hängen geblieben ist. Denkst Du mal auch darüber nach? Und hast nicht immer wieder andere Dinge im Kopf! Wie wichtig ist Dir denn unsere Briefkasten - und Draht-Beziehung? Oder nur eine Nebenbeschäftigung, weil Du gerne schreibst? Antwort erbeten. Oder gleich am Telefon!!! So, ich beruhige mich wieder!

Es ist einfach wundervoll durch den Ort zu laufen, die Menschen freundlich zu grüßen und dabei innerlich und lächelnd liebevoll an Dich zu denken. So gesehen würde ich auch nicht meckern, im Sinne von, warum hat das Schicksal diese Entfernung zwischen uns gesetzt. Der liebe Gott? ER soll ja nicht alles für einen machen wie eine Mama; ein ganz schön bisschen sind wir auch gefordert.

Wollen wir die Entfernung überwinden? Kleiner Prinz - der Rat des Fuchses: "Man sieht nur mit dem Herzen gut. Das Wesentliche ist für die Augen unsichtbar" - ein Buch das ich mit dem Herzen lesen konnte; ähnlich wie "MOMO" (von Michael Ende). Ein kleines Mädchen, arm, aber mit viel Herz, kämpft gegen die Zeit-Diebe, die den Leuten einreden, sie müssten Zeit sparen, das Gesparte würde sich auf ihrer Bank vermehren. Aber sie leben von der gestohlenen Zeit, und die Leute haben bloß Verlust davon. Momo erlebt den Wert der Zeit und kann alle befreien.

Übrigens: Die Beschreibung Deines Freundes mag ja ganz interessant sein. Doch Du täuscht Dich, mein Lieber! Ich würde auf so einen galanten Herrn nicht hereinfallen. Denn Du kannst mir unterstellen, dass ich nicht gleich ausflippe, wenn er auch noch mit einer Rose daher geschwänzelt käme.

Was ist das für ein Freund? Wenn ich Dich irgendwann in diesem Leben in Hamburg überfallen werde - wie Du das ja auch schon angedacht hast- werde ich mir natürlich diesen Freund anschauen. "Sag mir, mit wem du verkehrst und ich sage dir, wer du bist", höre ich meinen Vater dozieren. Da ist ja auch viel dran.

Lies mal ruhig Jörg Zink. Einfach anfangen. Und immer, wenn Du das Buch beiseite legen willst, weiterlesen. Übrigens, lieber Jan, was hast Du mit Deiner Mutter? Sie geht Dir auf die Nerven? Wenn Du ihr was Positives sagst, meinst Du dann, das wäre verlogen? Das willst Du ja gar nicht! Ich weiß, es ist immer schwer, seine eigenen Angehörigen so zu akzeptieren, wie sie sind. Man will sie immer ideal haben. Ich habe es da sehr gut und leicht gehabt! Wurde immer geliebt bis verwöhnt. Ich bekam aber auch immer wieder Grenzen beigebracht, die ich akzeptieren konnte. So konnte ich mich frei entfalten und bekam dafür noch Bestätigung.

Wenn ich mich so umhöre, ist die Kombination wie ich sie bei meinen Eltern erlebt habe, recht selten, das heißt, die Kinder freilassen und doch herzlich Anteil nehmen. Wenn ich vielleicht manchmal zu wenig Verständnis für Dich zeige, nimm's mir nicht übel. Ich muss es erst lernen, mich da hinein zu versetzen.

Hallo, Jan! Weißt Du, dass wir total verrückt sind, uns so lange Briefe zu schreiben? Aber ich möchte es auch nicht anders haben. Es sei denn, dass wir es fertig bringen, näher beieinander zu wohnen.

Übrigens : woher weißt Du, dass ich gern reite? Ich hab's mir seit vielen Jahren nicht mehr gele stet. Wollen wir mal hier in der Münchner Universitätsreitschule eine Schnupperstunde probieren? Oder mal ausreiten? Mal sehen, wer schneller ist? Dabei natürlich auch schöne Schrittpassagen einlegen, miteinander reden und die herrliche bayerische Landschaft nicht aus den Augen verlieren. Magst Du? Also bis bald bei mir?

Für heute grüße ich Dich mit einem kleinen Hoffnungsschimmer, dass es klappt - mit Schritt, Trab und Galopp.

Deine sich in Sehnsucht auf Dich freuende

Angela

Jan Troje   Samstag, 29. Juni ´85

Liebe Angelina,

noch bevor die Post hier zumacht, Dir noch was ganz Banales und doch recht Lebensfrohes. Und weil Du ja aufs Reiten eingegangen bist. Ich will Dich nur fragen, wie weit Deine Reitkünste gediehen sind? Hervorragend - in der Uni-Reitschule? Da kann ich Dir gleich was dazu schreiben. Was macht denn Dein Kanu fahren? Wollen wir mal paddeln? Alles Wünsche und keine Umsetzung. Zu dumm! Habe mich heute mal per Telefon beim Fuhlsbütteler Flughafen erkundigt, was so ein Flug nach München kostet. Da gibt es doch Sonderflüge am Wochenende. Vielleicht überrasche ich Dich einfach mal. Steh vor der Tür und sage: " Hallo, hier bin ich!" Wie fändest Du das? Kein Hotel gebucht. Alles gaaanz einfach! Einfach bei Dir sein! Nicht nach tausend Dingen fragen. Ich sage Dir auch nicht das Ergebnis meiner Information.
Nun zur Reiterei. Du würdest mir mit dem Reiten in München eine Superfreude bereiten! Während meiner Soldatenzeit beim Bund (so nennt man das halt) - ich war in Dillingen an der schönen blauen Donau bei den Fernmeldern stationiert - absolvierte ich meinen Fähnrichlehrgang in München, in der Schweren Reiterstraße.

Das war schon ein Hammer, einen Norddeutschen nach Süddeutschland zu versetzen. Aber ich war damit einverstanden, weil ich einfach mal den Süden kennen lernen wollte. In München ging ich als Fahnenjunker zur Tanzstunde (in Uniform). Die Tanzschule, eine sehr renomierte dazu, hieß Thea Sommer. Eine sehr charmante Dame, die uns Soldaten Benimm beibrachte. Und jetzt kommt's: Ich ritt damals mit Genehmigung meines Hörsaalleiters in Uniform- in der Universitätsreitschule München. Obwohl ich auf die Uniform nicht so wild war, verschaffte mir der graue Fernmelderock mit den gelben Kragenspiegeln und meinen silbernen Sternen jeweils auf den Ärmeln die Eintrittskarte zur Uni-Reitschule. Der Reitlehrer steckte mich natürlich in eine Bundeswehr-Reitabteilung. Und da waren auch einige diensthöhere Chargen vertreten. Voran die Herren Leutnante. Nur mit dem Reiten haperte es bei ihnen doch ziemlich. Kein Schwung, kein Annehmen-Nachgeben-Druck-Parade, das A&O in der Reiterei. Sie waren ernsthaft bemüht, passabel im Sattel zu sitzen. Nach etwa zehn Minuten bat mich der bayerische Reitmeister die Spitze zu übernehmen und mal ordentlich zügig die Abteilung anzuführen. Ich war in bester Verfassung. (Während meiner Soldatenzeit ritt ich nach Dienstschluss zwei Mal pro Woche zwei Hengste eines Dillinger Bauern - das nur am Rande). Das Münchner Unipferd war ganz nach meinem Geschmack. Es hatte einen intelligenten Kopf, zeigte gute Gänge, dunkelbraune Augen und lange Wimpern. Ich verstand mich sofort mit dem Fuchswallach.
Mir gefällt nicht jedes Pferd. Es ist wie mit Menschen. Nicht jeder Zeitgenosse sagt einem zu. Man muss sich riechen können, sagt man bei den Menschen. Im Umgang mit Pferden ist das ganz anders. Am Ohrenspiel erkenne ich gleich, ob der Vierbeiner wach und interessiert ist. Und - ob er mich mag.
Ich spreche ihn an und sage so halblaut: "Bosch, bosch, bosch, oho, brrrav". Das "R" muss etwas wohlig gesprochen werden. Und dann im Sattel das Gefühl, ein ruhiges, aber vorwärtsstrebendes Pferd zu reiten, das ist ein Wonnegefühl. Geht es Dir ähnlich? Die Kameraden fragten mich nach der Reitstunde, ob ich für den modernen Fünfkampf trainieren würde.

Keine Spur davon. Aber geschmeichelt hat es mir doch. So, nun habe ich zuviel geschrieben, vor lauter Pferd. Denn die Post hat nun zu gemacht! Nun kann ich Dir noch was dazu schreiben, wie mein Gefühl auf dem Pferderücken ist. Vielleicht reizt es Dich, unser Treffen zu beschleunigen? Ich bin total begeistert - und komme zu Dir auf einem Pegasus, mit sanftem und stürmischen Flügelschlag. Okay?

Hier eine Betrachtung über das Reiten aus meinen früheren intensiven Reitstunden.

Dorasa heißt sie...
...die kleine grausweißstichelhaarige junge Stute
mit den schlanken, fliegenden Beinen,
dem runden, eleganten Hinterteil,
den geblähten Nüstern
und dem typisch araberähnlichen, edlen Kopf,
das Nasenbein talartig abgesenkt.

Du ziehst sie aus dem warmen Stall in die kalte Halle,
der Sattelgurt sitzt fest und der Martingal * sorgt dafür,
dass Sie ihren Kopf nicht zu hoch trägt.
Diese stolze, selbstbewusste Pferdedame
mit dem Samen eines exzellenten Hengstes im Leib.
In elf Monaten wird sie ein Fohlen haben.

Herrlich ihr Gang,
die weiße schaffellpelzene Satteldecke,
die sie wie eine schöne junge Geliebte umschmeichelt,
sich wie eine Stola um ihren Widerrist legt.

Reite sie, sie braucht eine ruhige Hand
und energievolles Vorwärtsreiten
in der Kälte der Torfmullhalle.
Bring sie auf Trab, in Takt und Schwung,
sie soll mit der Hinterhand gut untertreten,
Zirkel - ganze Bahn - aus der nächsten Ecke kehrt,
angaloppieren, Druck, Druck, Druck, eine kleine Parade,

gib ihr Luft, gib nach, ja so, so muss es sein,
sie will energisch liebevoll geritten sein.
Du hörst wie sie hin - und wieder ihre Hufe aneinander schlägt,
dass das Eisen klingend singt.

Ein guter Klang, du hörst es wohl,
aber du musst sie noch mehr aufwecken,
sie darf nicht in Gedanken im Stalle weiter fressen.
Sie soll nach deinem Willen laufen, Volte marsch, traben, leicht
traben, auf, ab, auf, ab,
der Trab wird länger, raumgreifender,
die Hufe vibrieren wie zum Mitteltrab,
sie schnaubt und nimmt den Kopf ganz leicht nach unten.

Rede mit ihr leise, flüstere mit ihr - sie hört dich,
du siehst es an ihrem Ohrenspiel,
sie erwacht, die Schimmelstute Dorasa.
Schnalze etwas, gib ihr den Schenkel in der Ecke,
bringe sie zum Schwingen und zum Schweben,
bis sie selbst Spaß dran hat.
Bleib dran an ihr, sie soll dich spüren, Druck und die gewisse
kleine Parade, kein Tadel,
nur so ein bisschen Vorwärtsmuntern,
sie steht am Zügel, wölbt den Hals.
Ihr Mähnenkamm, komm lass ihn fliegen,
wie Vorhangkordeln rhythmisch auf und ab,
nun drückt sie gegen,
gib ihr Luft, sie kaut und kaut und schäumt,
dass Schaumwölkchen beim Trab sich lösen...

Sie dampft,
gib ihr einen leichten Klaps zur Aufmunterung,
liebe sie, schenke dich ihr ganz,
wie vereint in einem Tanz,
dann lässt sie sich leicht führen ohne Zwang,
ohne Eisen und Sporen (brauchen gute Reiter Sporen?)
Reite sie, Junge! Reite!

Achte sie, liebe sie, lobe sie,
streichle immer wieder ihren Hals,
ihren dampfenden Körper!
Lege ihr nach dem Reiten eine Decke über
und führe sie in den Stall zurück,
rede mit ihr und reibe sie mit Stroh ab,
eine Mohrrübe und einen Apfel zum Dank!
Dorasa - Wonne ohnegleichen!

De moi!

Der Martingal ist ein Hilfszügel, der das Pferd hindert, den Kopf empor zu werfen.

J.W. v. Goethe schrieb:
Wer nie im Morgensonnenlicht
auf leicht behuftem Pferde,
die Welt durchritt,
der kennt sie nicht,
die höchste Wonne dieser Erde!

Dorasa war so ein leichtbehuftes Phänomen Pferd, von ganz besonderer Prägung.
So, nun wird auch das Porto sich verdoppeln. Aber das macht nichts! Ich wollte es Dir schreiben. Vielleicht wirkt es kitschig auf Dich, zu romantisch? Aber es ist aus meiner intensivsten Reitausbildungszeit. Da habe ich zusätzlich die Stallgasse gefegt und als Vorbereitung für das Turnier den Pferden die Barthaare abschneiden dürfen. Das war für mich eine große Ehre, die mir mein Reitlehrer Fritz Müller aus Beversen angedeihen ließ. Wehe ein Pferd zuckte und ich schnitt mit der Schere in die Lippen oder in die Kinngrube.
Wollen wir es mal zu zweit probieren? Bist Du Anfängerin oder Fortgeschrittene? Dann könnten wir auch ins Gelände gehen!

Horrido!
Dein Jan

Lieber Jan,

also heute flippe ich noch aus: Ich wollte doch in aller Ruhe mal Bilder einkleben, sie befreien aus der Pappschachtel und endlich in zwei neue Alben einkleben. Pustekuchen! Nun hat sich Marianne für Samstag angemeldet. Und meine schwäbische Freundin aus Stuttgart, weißt Du die, die mir immer diesen niedlichen Le-Dialekt beibringen will. "Mei Häusle isch mei Schlössle". Dazu stürmt mir Gert noch in die Quere, der bei mir sein Auto abgestellt hatte. Und am Abend ist Einweihungsparty bei einer vom Literaturkreis aus Dachau.
Es ist zum Davonlaufen! Dabei hätte ich Dir noch seitenlang zu schreiben: Übers letzte Telefonat, lauter Erlebnisse hier - ich joggte durch den Englischen Garten- da gibt es Typen, da möchte ich am liebsten keinem Mann mehr begegnen. Gut, das Knutschen mag ja ganz okay sein, aber warum so öffentlich. " Dos is jo grod s`gaudi, wann s de leit sengen!", so ein Niederbayer aus Vilshofen, als ich im Chinesischen Haus eine Trinkpause einlegte. Ich komme nicht mehr hinterher, Dir zu danken und auf alles einzugehen. Was ich Dir noch zu Deinem Dorasa-Gedicht schreiben will. Ich finde es gar nicht kitschig. Du erhebst ja auch keinen literarischen Anspruch. Du willst mir Lust aufs Pferd machen. - Und auf mich? Wer küsst mich? Beinahe hätte ich geschrieben, und wer reitet mich so liebevoll, mit Lob und Klapsen? Nicht was Du nun gleich wieder denken magst. Und den Klaps verstehst Du sicher auf den Po? Ja, wir sollten wirklich ein Treffen endlich hinbekommen. Ich möchte Dich gern reiten sehen. Oder neben Dir galoppieren? Meine Reitkenntnisse? Bin nicht in Übung.
Wir müssten einfach mal in der Halle anfangen. Drei Stunden brauche ich. Und dann würde ich es wagen. Überlege mal, wo? Im Moment geht es nicht. Wir müssen noch etwas warten. Vielleicht muss ich erneut lernen zu organisieren, einzuteilen. Auch mein Haushalt für eine Person frisst mich auf! Haushalt zum Beispiel heißt für mich nicht alles planen, ein-

teilen können, sondern immer schön spontan und flexibel bleiben.

Dabei bin ich so aufgeregt wegen Dir, Jan! Was soll ich nur machen? Schreib mir ein Rezept! Ich glaub, ich hab, ich weiß es schon lange, dass , ja dass........Ich konnte schon öfters nur schlecht einschlafen. Das will was heißen. Wegen eines Mannes! Noch vor Wochen hätte ich mich darüber geärgert! Ja, wegen eines Mannes!

In Gedanken zeige und erkläre ich Dir alles, was ich hier erlebe. Ob es wohl sehr fremd und unheimlich für Dich hier bei mir sein würde, wenn Du zum Beispiel zu mir kommen würdest? Diese heile Welt hier?

Und Du als Nordlicht oder wie manche auch zu Euch sagen: "Fischköpfe". Du bist kein Fischkopf! Das finde ich unheimlich gemein, widerwärtig.

Von meinem Haushaltmachen bin ich völlig geschafft! So viel Ungewohntes. So viele Gedankenanstöße, die körperliche Arbeit! Ständig Programm. Meist mehreres auf einmal. Nie ohne Menschen um mich rum. Aber wenn ich dann wieder allein in meiner Wohnung sitze, habe ich das Gefühl: Das ist das eigentliche Leben. Nicht das Alleinsein, Rumhängen, bedächtige "Rumtüddeln" wie Ihr da oben bei Euch sagt und das ständig quälende Grübeln. Und dann habe ich Hunger gehabt. Wie ein Scheunendrescher und geschlafen wie ein Murmeltier. So habe ich die Zeit einfach verschlafen. Viel lieber hätte ich Dir gleich geantwortet. Du lässt Dir tief ins Herz gucken.

Noch etwas zu Deiner Schilderung von Deinem Kollegen, der Dich bei der Grillparty angetrunken angriff und dem Du verkünden willst, Du würdest ihm das nächste Mal eine reinhauen. Mit was für einem Milieu gibst Du Dich da eigentlich seit Jahren zufrieden? Sind die Typen in Werbeagenturen alle so brutal? Die müssten doch viel sensibler sein, wenn sie differenziert Menschen ansprechen wollen? Du hast mir bisher von Deinem Berufsalltag wenig mitgeteilt. Ich habe auch ein paar hässliche, irgendwie unglückliche Kolleginnen. Ich versuche immer, zu ihnen mindestens ebenso freundlich zu sein wie zu denen, die ich ganz toll finde. Und ich achte darauf, mich nicht überheblich zu verhalten, womit ich sofort zu ihren Feinden zählen würde. Ich zeige Ihnen Achtung. Und dann entdecke ich beschämt, dass sie unwahrscheinlich lieb zu mir sind. Und dass in ihnen viel mehr steckt, als ich ihnen zugetraut hatte.

Ich hatte Dir das letzte Mal einen so egozentrischen Brief geschrieben, nur von mir erzählt. Und Du hast mir so schöne Zeilen geschrieben. Oft bist Du ganz schön frech, unverschämt. Wenn ich deine Briefe lese, könnte ich oft zornig werden, dann aber bin ich wieder ruhig in mir und denke Jan, Jan, was tust Du bloß? Spielst Du mit mir? Willst Du mich anheizen, um mich dann wie eine heiße Kartoffel fallen zu lassen? Wer bist Du, dass Du es fertig bringst, mich so aus dem Gleis zu bringen? Du schaltest eine Weiche und mein Lebenswagen rollt gerade auf einen Rammbock auf. Wumm! Da stehe ich nun mit all meinen Zeugnissen und Belobigungen. Ein Mann bringt mich zum Rasen, aus dem Häuschen. Ich möchte wie in einem Film auf Dich zurennen, Dich umarmen. Und Gott danken, dass er uns begegnen lässt.

Ich möchte Dich knuddeln!!! Also Jan, wann? Wann sehen wir uns? Antworte, mach einen Vorschlag, bevor ich Dir konkret entgegen komme und Du das zu tun hast wie ich es will. Hörst Du? Nein, liest Du das endlich einmal und gibst mir eine Antwort darauf? Und lass all Deine Kampagnen und Headlines und Artdirektoren und Kunden mal sausen. Nur für einige Tage! Ich habe Angst vor dem Treffen und doch habe ich ein gutes Gefühl.

Lass Dich mal prophylaktisch drücken oder Dich puffen. Oder Dich küssen! Auf Deinen zärtlichen Mund, der so viel quasselt und auch ganz still sein kann.

Dein Engel Angela

Jan Troje   Mittwoch, 10. Juli 1985

Liebe Angela!

Ich Weichensteller? Dich abstellen, auf einen Rammbock prallen lassen? Für wie gefühllos hältst Du mich? Aber Du schreibst auch so viel Liebes. "Und wer küsst mich?" Ja, ich! Wer sonst! Habe ich Dich durcheinander gebracht? Das ist gut so! Das ist beabsichtigt. Du sollst aus Deinem bisherigen Trott mal raus kommen. Wenn Du es zulässt, ohne Dich dabei bevormundet zu fühlen. Wo wollen wir uns endlich konkret treffen?
Was wäre, wenn Du plötzlich vor meiner Tür stehen und spaßig sagen würdest: "Sind Sie Herr Troje?" Ich würde Dich hereinbitten und Dich noch im Türrahmen umarmen und meine Hände um Deine Hüften legen. Dann mich absichtlich verirren und plötzlich auf Deinem Wonnepo landen. Du würdest mir nichts verweigern und ich würde auch schnell wieder in Deine oberen Gefilde gleiten, Dich an mich drücken. Und endlich die Türe schließen, denn schon sind Nachbarn stehen geblieben. "Was ist denn in unseren Troje gefahren? Endlich hat er mal ein Weib im Haus!" (wobei Du sicher annimmst, die Holden gehen da bei einem Agenturspinner sowieso ein und aus. Gehört zum Image eines Werbemannes!! Nicht unbedingt.) Das könnte für uns beide ein Supergefühl sein. Die Augen schließen und den anderen spüren, dass es durch und durch geht. Vier Lippenbänder erst mit leichtem Aufdruck leicht kosend und dann mit Nachdruck fest aneinander geschmiedet.
Aber unsere Beziehung spielt sich noch immer zumeist auf dem Papier ab. Oder durch den Äther per Draht. Eines Tages werden wir auch daheim einen PC haben. Und wir werden uns auf elektronischem Wege Briefe schreiben. Dennoch ist die Entfernung einfach hinderlich. Ich rufe Dich nochmals an. Außerdem muss ich drei Tage zu einem Seminar nach Bremen. Ein Workshop von Kontaktern mit den Creativen der Agentur. Also, wir Kundenberater mit den Grafikern. Jede Menge Whisky, Rauchen, Gelächter, Witze, und tagsüber hartes Duellieren im Profilieren und Schönreden. Blitzgescheite Argumente wie Pfeile

im Köcher haben. Schlagfertig sein im Schlagabtausch mit den eitlen Kollegen. Zwischen Kundenberater und den Creativen liegt immer so ein Graben dazwischen. Und den will unser Geschäftführer Jan Jorn Snakebarth abbauen. Wir werden essen, Himbeereis mit Sahne kosten, Warsteiner und einige "Körnchen" hinter die Binde gießen.
Und abends im Hotel-Hallenbad Wasserball spielen – mein Kontaktgruppenleiter ist Wasserballer. Und er arrangiert diese Creativ-Workshops natürlich immer in Hotels mit Schwimmbad. Ich rufe Dich also an, damit wir telefonisch abstimmen, wo wir uns treffen können.
Musst es ja nicht gleich wieder Deinen Eltern erzählen und bei Ihnen Erwartungshorizonte aufbauen!! (Böse?) Hier noch schnell etwas über Beziehungen. Fiel mir so ein als ich ganz pauschal mal nachdachte, was es so mit Beziehungen auf sich hat.

Beziehungen...
...es gibt so viele Beziehungen,
flüchtige Begegnungen.
Wärmende Liebe in Geborgenheit und Verstehen.
Abkühlungen, Scheinbeziehungen.
So torkeln wir gottlos
durch die Bahnen unserer Triebe.
Was uns aufrichtet,
klar in die Augen sehen lässt,
Gefühle mäßigt,
Misstrauen kittet,
Vertrauen erhält – ist nicht allein unsere irdische Glückseligkeit.
Glück und Liebe, selbst die sog. "Sünde" werden dann erst gut gedeihen, wenn Gott mit einem Lächeln zusehen darf.

Du liest, ganz ohne den lieben Gott will ich auch nicht auskommen. Ich will nur nicht übertreiben oder gar nur noch im Schatten des Herrn wandeln (müssen). So, nun habe ich Dich

sicher wieder in Fahrt gebracht. Bin ich ein Sadist? Oder liegt
es daran, dass Du so unendlich brav bist? Weil ich denke, bin
ich - »je pense donc je suis!« Descartes hatte wohl recht. Weil
ich schreibe, bin ich - bei Dir, liebste Angelina.

Du Engel von Gottes Gnaden!

Dein Jan

Angela Allmendinger   Samstag, 13. Juli 1985

Lieber Jan,

also, Deine "Beziehungen": Da hast Du mir viele Brocken hin-
geworfen. Ich torkle nicht gottlos durch die Gegend. Ich weiß,
alle die Menschen um Dich herum veranlassen Dich, so über
Beziehungen zu schreiben! Weißt Du das so genau? Zuerst einmal danke ich Dir für deinen Brief. Alles ganz schön, mei Lia-
ber! Aber Du bist wieder elegant wegen unseres Treffens aus-
gewichen. Mit Deinen "Werbeheinis" musst Du drei Tage in die
Heide fahren? Und schlemmen und quatschen! Kann man(n) da
noch kreativ sein? Sind da auch „weibliche Grafiker" dabei?
Ihr habt doch so tolle Damen in der Agentur? Habt Ihr nicht
auch Kundenberaterinnen? Wie dem auch sei!
Ich bin einfach enttäuscht! Und habe nun auch keine Lust
mehr, Dich zu überraschen. Obwohl Du mich bei Deinem Über-
raschungsdrehbuch ja ganz verführerisch umarmt hast und zur
Tür hereingezogen, um uns vor den Blicken der Nachbarn zu
schützen. Und wie's da drinnen weiterging? Nachbarn wissen
genau, was sie denken müssen. Ganz einfach, Herr Casanova!
Dabei sind wir - wie ich finde - doch erst am Anfang, einen
Berg von Briefen anzuhäufen, Kunstkarten zu sammeln,

Gedichte zu schreiben, Zeitungsausschnitte auszuschnippeln und Buchempfehlungen auszutauschen!

Würden wir beide an einem Ort wohnen, kämen ganz bestimmt nicht so schnell so viel Post und Telefonate zusammen. Wollen wir uns darüber hinaus auch noch gegenseitig anstacheln, wer noch mehr zu bieten hat, noch analytischer ist und noch mehr einzubringen imstande ist? Wir sind wie miteinander schon etwas verwoben. Und ich habe jetzt alle anderen Anzeigen - Interessenten aus meinem Leben verbannt. Würde ich mit jedem so intensiv korrespondieren, wie mit Dir, die Bundespost könnte silberne Türklinken einbauen lassen und ich würde total verarmen, mich verausgaben und am Ende sicherlich noch zwischen allen Stühlen sitzen.

Du siehst daran, ich werde ungeduldig, obwohl ich meinen Briefkasten wie nie zuvor lieb gewonnen habe. Nicht bloß Reklame (diesen Begriff magst Du bestimmt nicht!!) und Rechnungen. Deine Briefe kommen und machen mich oft ganz schwindelig vor Freude und wütend zugleich, wenn Du Sachen pauschal verdammst und mich persönlich angreifst, wie starr ich doch sei. Speziell, wenn es um Liebe geht. Aber ich will keinen Deiner Briefe missen. Machen wir uns was vor? Sehen wir noch die Wirklichkeit? Oder sind die vielen Briefe und Telefonate Ersatz für mangelnde Courage, uns wirklich offen zu begegnen?

Aus dem alten verrosteten Blechkasten werde ich nun in Absprache mit meiner Vermieterin einen ganz schicken, neuen Briefkasten mit toller Klappe und einem größeren Sichtfenster anbringen lassen. Das erhöht die Erwartung und Spannung. Der neue Briefkasten sticht dann aus der Nachbarschaft der anderen völlig heraus. Lackglänzend! Und ganz in Weiß soll er aussehen! Und das alles wegen Dir! Siehst Du, was Du in mir entfacht hast? Du kannst ihn dann bewundern, wenn Du mal endlich die lange Reise antrittst und Dich schleunigst in den Süden bewegen würdest.

Dann lohnt es sich, farbige Kuverts zu nehmen. Wenn wir sauer und so richtig giftig aufeinander wären, könnten wir ein rotes Kuvert verwenden. Blutrot! Knallrot! Wenn wir harmoniesüchtig sind und auch so schreiben wollen, nehmen wir ein grünes Kuvert und ein gelbes, wenn uns was besonders Intelligentes eingefallen ist.

Du, neulich bin ich beim Aufräumen auf ein Buch gestoßen, in dem sich der Autor über das Briefe schreiben in einer Beziehung total treffend äußert. Es passt haargenau auf uns. Und ich will dir das wortwörtlich gleich mal zitieren:

"Berge von Briefen gingen nun hin und her, Kunstkarten, Gedichte, Zeitungsartikel. Denn auch R. kam von dieser Begegnung nicht mehr los. Dieses Warten von Brief zu Brief, aufgeladen mit Beglückung, Bangen, Zweifeln und dem Ringen um geistige Übereinstimmung zwischen Ideal und Wirklichkeit. Liebesbriefe - Liebesgedichte - Liebesbeteuerungen, aber wie weit ist der Weg vom Wort zum Sein!

Als junger Mensch meint man, mit dem Wort, das aus dem Wesen kommt, habe man das Sein schon geleistet. Aber das Wort steht nur da - seine Verwirklichung erfordert viele existenzielle Nachweise, und die enthüllen oft, wie wenig unser Sein an unsere Worte heranreicht. Wie viel leichter ist es, einen Menschen geistig zu lieben als in der Totale seiner alltäglichen Wirklichkeit! Wir bringen ja nicht nur unsere Ideale, sondern auch unsere Eigenarten und Unzulänglichkeiten mit ein. Der Überschwang der Anfänge verhüllt das Anderssein, das erst im Zusammenleben in seiner Differenziertheit offener zu Tage tritt. Und das schafft eine andere Wirklichkeit." Zitatende.

Ist diese klare Beschreibung nicht sehr einfühlend und treffend ausgedrückt? Ich meine daraus zum Beispiel gerade das Aufgeladenwerden mit Beglückung und geistiger Bereicherung. Und dann das Bangen, wie ist seine/ihre Wetterlage, wenn beide nur mit Anführungszeichen, Lächelzeichen und vielen weiteren Interpunktionen ihre Stimmung wiedergeben?

Könnten wir uns unter der Woche oder an Wochenenden treffen, wäre alles viel näher, konkreter. Wir würden unser Handeln kennen lernen, unsere Lust und Unlust durch ein vielleicht gegenseitiges Abstimmen auspendeln können.

Oder durch die Nähe gnadenlos scheitern. Wir wären körpernah (speziell denke ich ans Kuscheln - und vieles mehr), heiter, ernst, ironisch, spitzbübisch, verschämt, gekränkt, versöhnlich. Wir würden nebeneinander liegen. Oder anders. Wir würden aus dem Kelch der Liebe trinken, beschwingt vom Höhepunkt aller Erlebnisse. Alles wäre erfüllte, ganz reale Wirklichkeit. Aber dann würden unsere Briefe sicherlich einschlafen, gänzlich wegfallen. Ich muss zu Ende kommen.

Denn, lieber Jan, ich muss noch eine Klassenarbeit in Französisch korrigieren. Es war ein Diktat. Und ich bin so müde, dass mir die vielen accents schon nicht mehr auffallen. Aber da muss ich durch. Überlege mal, wie wir ein Treffen, dieses Mal unbeschwerter und unkomplizierter, zustande bringen könnten. Treffen wir uns doch in der Mitte der geliebten Republik. Einer muss dann halt etwas mehr fahren. Ich bringe meine Gitarre mit und werde Dir etwas über Dich vorsingen. Im Stile von "Sag mir, wo der Ja-an ist, wo ist er ge-blie-ieben. Wann wird man je versteh´n, warum sich Menschen so nach Menschen sehn.."... Aber auch Fetziges über Dich, Provokantes und Du sollst zuhören und Dich danach erst wehren, wenn die letzte Saite verklungen ist. Okay, Du Mensch-Mann, o Mann!

Übrigens, ich habe eine neue Jeans gekauft. Auf Deinen Rat hin ziemlich eng. Nach dem ersten Clementine-Waschgang zwängte ich mich hinein. Aua! Aber ich blieb Dir zuliebe hart. Und dann drehte ich mich vor dem Spiegel. Da kam mein "Allerwertester" so richtig zum Vorschein. Kann schon verstehen, warum ihr Mannsbilder immer auf Po und Busen (oder umgekehrt) schaut. Zum ersten Mal habe ich mit Deinen Augen versucht, mich anzusehen. Auch meine doch recht beachtliche Oberweite habe ich neu entdeckt. Sieht ja auch gar nicht übel aus. Ist mir bisher immer etwas lästig, weil die Mannsbilder so blöde darauf stieren. Toll, dass Du mich immer mehr als "Weib" (soll ja biblisch gemeint sein, was auch immer das heißt) ansiehst. Wo das noch hinführt? Du kennst doch meine voreheliche Moral, die ich wohl langsam vergessen kann (und will), wenn Du so weiter machst!

Servus, viele Busserl von
Deiner Angela,

...mit etwas Wort - zum - Sonntag - Mentalität. Antworte entweder telefonisch oder brieflich. Mein neuer Briefkasten muss gleich eingeweiht werden. Von Dir! Also spute Dich, Deichgraf! Am besten anrufen. Und parallel dazu meinen Briefkasten einweihen. Das wäre das Schönste für mich. Mach mir doch diese Riesenfreude! Brauchst ja bloß wie bisher schreiben! Einfach was schreiben, Jan!!

Jan Troje   Sonntag, 21. Juli 1985

Liebste Angela,

das war ja wieder ein Brief! Vorab - mit Eintreffen dieses Briefes ist nun Dein neuer Briefkasten von mir eingeweiht! Herzlichen Glückwunsch! Ich weiß nun wirklich nicht, wo ich zuerst anfangen soll. Hast Du die Arbeiten korrigiert? Anrufen wollte ich nicht, da ich in Hektik war. Die drei Tage vergingen wie im Flug. Es war kein Saufgelage. Wir haben tagsüber sehr intensiv am Flipchart gearbeitet, waren abends hundemüde. Bei Unterwasserscheinwerferlicht bin ich noch schwimmen gegangen. Das war herrlich. Eine ältere Dame, sehr nett, etwas zu sehr Rubensfrau und sicherlich sehr reich, sprach mich beim Vorbeischwimmen an, sagte einfach, wie schön die Haut des Wassers sei. Sie lächelte mich bei jeder Bahnbegegnung liebreizend an. Ich tauchte dann plötzlich unter, drehte um 180 Grad und schwamm von dannen. Wir arbeiten gerade an einer Kampagne für eine Saunaseife.
Und dann habe ich noch einen kleineren Kunden dazu bekommen. Erst mit Lob meines Kontaktgruppenleiters, nicht etwa mit einer Gehaltserhöhung, die ich bitter nötig hätte. (Sonst bewerbe ich mich noch in einer Münchner Werbeagentur) Ich habe einen neuen Kunden, der Öllichte aus 100 % Pflanzenöl für Graböllichte herstellt. Und Grablaternen in allen Variationen.

Mein Chef schnodderte mich an, ich solle halt ein bisschen Händefalten und vom Brauch an Allerheiligen sprechen, wenn Tausende von Lichtern auf den Gräbern zum Gedenken an die Toten auf den Friedhöfen brennen. Ein kleiner Kunde, der nicht viel bringt. Aber er habe ihn angenommen, weil der Chemiker dieser Firma mit seinem obersten Boss bekannt ist. Und der wiederum sagte ihm, wir sollen diese Firma werbemäßig mal erstens gut beraten, und zweitens mal so richtig Werbung flutschen lassen. Es sei ein etwas konservativer Laden, führte mein Chef großkotzig aus und ergänzte noch schnippisch: "Sprechen sie auch mal mit einem Pastor wegen des Brauches, Oellichte an Gräbern aufzustellen! Und dann klappt das schon! Und den Anzeigenetat können Sie ruhig verdoppeln. Bauen Sie mit der Media-Abteilung den Streuetat aus. Der Inhaber will jetzt vermehrt Werbung machen und der Konkurrenz das Fürchten lehren bzw. Marktanteile abjagen. Machen Sie ihm den ganzen Schnickschnack von der Anzeige bis zum Plakat in Blumen- und Grabstein-Geschäften. Fahren Sie nach Ohlsdorf. Da können Sie reichlich recherchieren! Bis zum Fünfzehnten, 14 Uhr brauche ich ein Konzept. In zwei Wochen am 29. ist Präsentation. Alles okay, Troje? Na denn man too!!" Er trank mit mir einen Kurzen in Form eines Wisky, sein Alltagsgetränk und verschwand mit einem sympathischen Lächeln wie ein Modepapst in sein Verliesbüro mit gepolsterten Doppelwänden.

Ich habe mir zwei Nächte um die Ohren gehauen, hatte natürlich Unterlagen des Kunden mit nach Hause genommen. Und jetzt habe ich daheim schon Grablichter auf meinem Sideboard stehen. Lichter aus 100 % reinem Pflanzenöl! Welch ein Anblick! Aber auch welch eine Verschwendung bei den Verbrauchern!

Aber gerade die mit dem blaugelbem Emblem sind die Echten meines jetzt zu betreuenden Kunden. Also sitzt auch schon der Grafiker dran und scribblelt (=grobe Festlegung der Grafik) die ersten Ideen dazu. Und morgen geht alles an meinen Chef. Und zwar nicht erst kurz vor 14 Uhr, sondern bereits um 11 Uhr. Hat dennoch Spaß gemacht. Ist ja auch mein Job. Meine Kollegen haben gelacht, "da hat dir der Alte aber ein komisches Ei ins

Nest gelegt. Naja, für dich als Katholik kein Problem. Deshalb hat er dir wohl auch sowas gegeben!", so die lieben Kollegen. Meine Antwort: "Ich werde, wenn Ihr mal ins Gras beißt, jeweils jetzt schon ein Öllicht für Euch aufbewahren!"

Dafür musste ich Dich vergessen, meinen neunundreissigjährigen Schädel frei halten. Du weißt, mit 39 muss man in einer Werbeagentur mindestens Kontakter sein oder Head einer Gruppe (=Kontaktgruppenleiter). Und ich bin nun schon fünf Jahre Kontakter. Du kennst dieses Metier gar nicht und nun habe ich Dir erstmals davon ein bisschen berichtet. Es ist Sonntag, ich habe im Hintergrund "Die vier Jahreszeiten" meines geliebten Vivaldi laufen. Und beim ersten Sonnenstrahl stand ich auf und fuhr mit meinem Drahtesel "Bayard" (so heisst er wie das Pferd aus dem unvergesslichen Film "Meines Vaters Pferde") durch die Felder von Heidingsbüttel. Das tat gut!!

Ich genieße nun nach dem Drahteselritt auf dem Balkon mit der zunehmenden Wärme der Sonntagssonne die Muse, Dir zu schreiben und ich bringe den Brief noch heute Nachmittag in einen Roten Punkt – Briefkasten.

Ich habe mich über Deine Zeilen sehr gefreut. Dein "Drängen" von der Theorie wegzukommen, ist auch für mich ein starkes Anliegen. Aber, ja aber ... Zunächst einmal habe ich Deinen letzten Brief (soll ich immer das betreffende Datum dazu schreiben?) zwei Mal, nein vier Mal gelesen. Die Jeans und Dein Bekenntnis zu Deiner herrlichen Figur (die wirklich nicht mollig, aber ansatzweise prächtig gerundet ist), verursachten einen Ruck durch meinen ganzen Körper. Das Aufgeladenwerden über Worte. Das ist schon so. Aber Dein Allerwertester ist auch vorhanden! Und keine Worthülse! Nur Dein Kopf steuert immer dagegen. Warum nur? Ich will Dir Angst machen vor unserer kommenden Begegnung? Nein, ganz und gar nicht, min Deern. Ich will Dich vielmehr aus Deiner körperlichen Scheu heraus locken. Damit Du nicht mehr so oft nach Deinem Jesus fragst. Sollst ihn ja nicht über Bord werfen, aber in erster Linie vom Leben fasziniert werden.

Dein Brief war wieder eine Wucht. Hat mich nicht erschlagen! Es war so viel Sehnsucht dabei. Und auch so viele Warnsignale. Deine Briefe sind so wie Du innerlich bist: kerzengerade, phantasievoll, hochsensibel, ernst und heiter, für alles aufgeschlossen, aktiv. Und Du schmeichelst mir so oft.

Ja, wenn Du so wärst wie Deine Briefe, würde ich Dich auf der Stelle zu mir entführen. Oder gar heiraten wollen! In Deinen Briefen, da bist Du anders, weckst in mir Hoffnung, Sehnsüchte nach Zweisamkeit. Aber wenn ich dann mit Dir zusammen bin, ist alles wieder ganz anders. Du sagst das a umgekehrt in Bezug auf mich auch. Dann bist Du nicht mehr die Angela aus Deinen Briefen. Verstehe mich bitte nicht falsch. Da bist Du halt anders, nicht die abwägende ausgeglichene kritisch, selbstbewusste oder gar verschmuste Frau, sondern so durcheinander. Du weißt dann nicht mehr, wie Du Dich verhalten sollst bei diesem Troje! Du willst ihm gefallen und doch spürst Du, dass Du ihm nicht näher kommen kannst. Das macht Dich unsicher und etwas verzweifelt. Auch ich kann nicht so sein wie in meinen Briefen, die sich in Deiner Phantasie entwickelt haben.

Wie heißt denn der Autor, den Du da so trefflich zitierst? Ist das aus einem Artikel oder aus einem Buch über Liebesbriefe?

Was sollen wir uns streiten? Ich will Dir viel lieber schreiben, dass Du in diesem Brief genau beschrieben hast, wie sich eine Entfernungsbeziehung gestaltet oder wie wir damit umgehen lernen müssen.

Wir beide können es gestalten, sobald wir uns nicht auf unsere Positionen zurück ziehen, sondern erkennen, dass wir zwei verschiedene Menschen sind, mit besonderen Interessen und dem Recht, diese zu befriedigen. Wenn Du irgendwelche Probleme hast, die Du mir anvertrauen willst, will ich versuchen, Dir zuzuhören und dich wirklich zu akzeptieren, um es Dir leichter zu machen, damit Du Deine Lösungen selbst finden kannst, anstatt Dich qualvoll von meinen abhängig zu machen. Und umgekehrt. Ich will mich ja auch etwas revanchieren.

Ja, ich schlage Dir vor, dass wir uns Speyer mal anschauen. Wir nehmen uns dabei nicht zuviel vor. Ich erkundige mich noch nach den Zügen. Ich fahre nicht so gern mit dem Auto.

Gerade ruft Sven an, ob ich mit zum Schwimmen gehen will.

Verflixt, aber das Wetter ist so sommertrunken und ich muss auch mal wieder für Sven da sein. Er ist im dritten Jahr verheiratet. Hat einen niedlichen Sohn und aus der großen Liebe seines Lebens ist nun ein Scherbenhaufen geworden. Sobald man sich bemüht, die größten Teile wieder zusammenzukitten, schneidet man sich erneut an den Kanten der Scherben. Der arme kleine Thorsten. Ich werde mir an diesem supersommerlaunigen Freibadtag die Laune nicht verderben lassen.

Ich höre mir das alles mal an, lasse dabei die Sonne nicht zu sehr auf meinen Pelz brennen, springe an einer bestimmten Gesprächsstelle auf und sage: "Los Sven, wir brauchen jetzt eine Abkühlung!" Und danach ein kühles Helles.

Bis dahin! Deine Zeilen über unsere Briefbeziehung will ich mit Dir in Speyer nochmals genauer unter die Lupe nehmen.

Dein Jan in Eile

Angela Allmendinger   Donnerstag, 18. Juli ´85

Lieber Jan!

Eben war ich mit meinen Schülern beim Grillen. Sie waren nett und furchtbar brav. Haben nur ein bisschen Bier getrunken, alles schön wieder aufgeräumt....

Ich hatte ja heimlich gehofft, heute in meinem neuen Briefkasten, gestern endlich angedübelt, einen Brief von Dir zu finden, aber es kann ja auch nicht jeder so viel Zeit haben wie ich im Moment. Das denken ja auch alle Außenstehenden. Dass wir Lehrer soviel Ferien und Zeit für uns haben. Von wegen! Vielleicht überschneiden sich wieder unsere Briefe. Oft brauchen wir ja nicht bei jedem Brief auf den letzten einzugehen, weil wir vieles bei unseren Telefonaten aussprechen und ausdiskutieren. Allerdings, wenn ich dann wieder den Anschluss über unsere Briefe suche, finde ich manches nicht. Ich müsste dann auf den jeweiligen Brief Telefonnotizen anbringen. Das artet ja richtig in ernsthafte Korrespondenzarbeit aus. Auch erstaunlich, was wir alles festhalten.

Bei dem Telefonat am Mittwoch fand ich wieder, mit Dir kann "man" so gut reden. Ich bekomme Lust, tausend kleine Alltagsfreuden mit Dir zu teilen.... Wenn ich Dir im Geiste etwas erzähle oder mit Dir diskutiere, sehe ich vieles, was ich erlebe oder mache, ganz neu. Stelle manches in Frage, entdecke anderes.

Letzten Sonntag vor der Kirche hab ich den letzten Brief an Dich abgeschickt. Als ich aus der Kirche kam, hätte ich am liebsten sofort den nächsten geschrieben! Ich hab versucht, Dich anzurufen. Ich dachte, sonst platze ich. Aber Du warst mal wieder ausgeflogen. So habe ich dann versucht, für mich meine Gedanken zu ordnen.

Du wirst sicher über mich lachen, wenn ich Dir schreibe. Gott ist so großzügig! Wenn wir immer andere (und uns) beurteilen und richten, machen wir IHN künstlich klein.

Ob Du wohl mit solchen Aussagen überhaupt was anfangen kannst? Am Sonntagabend traf ich Sabine. (Du hast sie kurz gesehen, mit dem Baby vor der Tür!) Sie weiß so ziemlich über meine und unsere Situation Bescheid. Ich sagte ihr, " der fängt direkt schon ein bisschen an, mir den Kopf zu verdrehen!" Sie meinte, die Entfernung sei sehr gut. Da könne man Abstand gewinnen und sachlich bleiben. Ich erwiderte: "Die Entfernung ist großer Mist. Da kann man sich den andern so hindenken, wie man ihn sich wünscht und braucht sich nicht damit abzugeben, wie er wirklich ist." Ich meine damit nicht, dass die Wirklichkeit "schlechter" sei als die Träume, aber die Träume, die ja nur aus einem selbst herauskommen, stehen dann der Wirklichkeit oder dem Erkennen der Wirklichkeit und einer Begegnung, Beziehung im Wege.

Es ist auch etwas mühsamer, sich auf die Wirklichkeit einzustellen. Selbst, wenn sie viel wunderbarer ist als alles Erdachte. Weil ständig Unvorhergesehenes kommt und Träume kann man einfach beiseite schieben oder umändern. Die Wirklichkeit ändert einen selbst. Da muss man erst mal was aufgeben!

Jan, es bedeutet mir viel, Dir dies alles schreiben zu können. Die Briefe von mir überrollen Dich wahrscheinlich. Denn Du hast nun noch nicht mal meinen vorletzten Brief beantwortet. So schicke ich Dir gleich einen hinterher. Aber ich will einfach raus aus meinem intellektuellen Schneckenhaus und Dir begegnen. Und zwar weniger auf Papier.

Sicher gibt es durch das Schreiben vor allem auch unzählige Quellen für Missverständnisse. Wir sollten uns treffen und darüber reden, ohne gleich alles zu zerreden! Ich will meine Reitsachen mitbringen. Wir könnten doch mal wieder eine Reitstunde probieren? Ich meine, wir sollten uns nichts vormachen. Durch die Entfernung können wir uns so selten sehen. Und da verhält man sich anders als im Alltag. Deswegen ist Ehrlichkeit besonders wichtig. Aber das Besondere können wir ja trotzdem genießen, findest Du nicht auch? Über eine Wiese toben oder galoppieren.....das wäre was. Außer Atem kommen, statt grüblerisch voreinander zu sitzen wie ein eheolles Paar, das Bilanz zieht. Hoffentlich kullern wir dabei nicht in einen Kuhfladen! Mal im Ernst: dass wir uns bis jetzt nur mal so ganz kurz umarmt haben und so, fand ich anfangs irgendwie gut und nobel in der heutigen Zeit, in der man erst mal ins Bett geht und danach fragt: " Wie heißt du eigentlich?" Für mich würde das niemals so ablaufen. Immerhin wissen wir ja schon sehr viel über uns. Und verkrampfen uns vielleicht manchmal im Meinungsaustausch. Im Grunde ist es doch schön, dass wir so miteinander umgehen. Das macht ja unsere Begegnung erst richtig wertvoll. Aber auch etwas schwierig.

Nun zu Deinen beruflichen Mitteilungen. Das liest sich ja ziemlich kaltschnäuzig wie es in Deiner Agentur zugeht. Mann, oh Mann, wenn ich so einen Direktor hätte, ich würde ihm die Leviten lesen. Aber ich kann ja Deinen Job wirklich nicht beurteilen. Also für Öllichte und Grablaternen Werbung zu machen, das ist ja auf den ersten Blick "greisslich". Auf den zweiten Blick: Das muss es ja auch geben. Meinst Du, das geht wirklich, Hände falten, vielleicht noch Dürers betende Hände in einen Anzeigenrahmen stellen und dann vom Brauch an Allerheiligen zu reden/predigen? Und darunter steht dann Dein Text über die 100 % aus reinem Pflanzenöl produzierten Oellichte der Firma XY& Co GmbH?

Na ja, Du wirst das schon lösen. Hast Du nicht noch zwei größere Etats zu betreuen wie Du Dich ausdrücktest? Übrigens, Dein Hinweis neulich am Telefon, vielleicht auch in eine Münchner Werbeagentur zu wechseln, wäre eine supertolle Lösung für Alltagsbegegnungen. Wenn es dann aber nicht hinhaut, sind wir halt am selben Ort. Jedoch München ist groß und wir würden uns dann nur noch zufällig begegnen. Oder so verbleiben, dass wir Freunde bleiben und nur noch ab und zu uns träfen.

Unser ständiger Briefwechsel ist nur auf Worte aufgebaut. Daher mein Argwohn, der sich nicht gegen Dich persönlich richtet.

Servus

Deine Angela

Jan Troje

Donnerstag 24. Juli 1985
Eigentlich in Eile!

Liebe Angelina,

wann hast Du das alles geschrieben! Dir ganz herzlichen Dank! Ich habe gelesen und gelesen. Aber ich kann heute nicht direkt darauf eingehen. Bringe Du meine Briefe zu unserem Rendezvous mit. Und ich Deine. Dann gehen wir diese wie eine Klassenarbeit durch und korrigieren uns, berichtigen, ergänzen, unterstreichen, punkten vielleicht auf einem extra Blatt auf, was für uns wichtig sein könnte. Wie findest Du das?

Unser Treffen kann am kommenden Wochenende starten. Das heißt am 27. Juli bis Sonntagabend 28.Juli!!! Hurra, wir wagen es! Wir prallen aufeinander wie zwei dampfende Lokomotiven, bremsen kurz vorher ab und stehen schnaufend da! Zuerst einmal Dampf ablassen! (Übrigens Dein Einwand: "Lieber Jan, Du hättest Dramaturg werden sollen und Dich nicht so sehr in der Werbung vergeuden", ist gut gemeint. Wenn ich aber zum Beispiel einen Werbespot texte, muss ich ja auch vom Dramaturgischen einiges verstehen)

Als erstes wünschte ich mir, Du wärst jetzt hier bei mir, wir könnten die Augen schließen und uns ganz ganz fest umarmen...

Zur Realität: Ich komme um 11 Uhr 15 in Speyer an, fahre schon sehr früh los. Wir haben ein schickes Hotel in Speyer. Welches sage ich Dir dann, wenn wir uns gegenüber stehen. Lass Dich überraschen. Mit dem Reiten wird es leider nichts. Ich habe einfach nichts finden können. Kenne mich auch nicht aus. Aber wir können im Hotel schwimmen. Da gibt es ein herrliches Schwimmbad mit Whirlpool. Wir werden dort durch und durch gewhirlt werden. Jetzt wollen wir es mal wissen, was mit uns ist und wie wir nach unserer ersten schüchternen Begegnung uns neu erfahren können, nachdem wir uns so intensiv geistig ausgetauscht haben.

Ich rufe Dich nochmals an. Wirklich schade, dass es mit dem Reiten nicht klappt. Aber wir könnten ja auch ganz einfach abends ins Kino gehen (wenn es etwas Gutes geben sollte! Oder gerne eine richtige Schnulze?) Und danach Federball im Hotel? Mit einem wohlschmeckendem Gedeck pour deux? Piccolo zwei Mal bitte! (Und noch zwei in Reserve!!!)

Zur Einstimmung auf unser zweites und ganz großes Treffen hier ein paar Gedichte von Annette Ayasse, eine sensible Frau, Jahrgang 1948, lebt in Zürich. Wie gefällt Dir diese Selbstbesinnung?

"Ich bin süchtig nach den Momenten,
in denen ich mir selbst begegne,
wenn ich fühle, wie
Fragmente meines Wesens
an die Oberfläche kommen,
die lange Zeit, zu lange
auf Tauchstation lagen und
auf Wiederbelebung warten

Mir wurden die Flügel gestutzt
und ich habe es zugelassen
Aber sie sind nachgewachsen
Der Widerspenstigen Zähmung
ist nicht gelungen

In mir tobt die Leidenschaft
für Leben und Bewegung
Ich tanze das Leben
wie im ständigen Taumel,
oft dicht an der
Grenze des Bewusstseins
Das Leben selbst,
die Freude berauscht mich

Oft verirre ich mich
im Labyrinth meiner Seele
Alle Wege, die
der Verstand zeigt,
alle Weichen, die
die Vernunft stellt,
habe ich entfernt,
weil sie mich in Sackgassen führen
Ich taste mich an
meinen Gefühlen entlang

So viele Kräfte sind in mir
Ich möchte, dass sie
in Frieden miteinander leben,
dass sie sich nicht mehr ständig
gegenseitigen Kämpfen ausliefern,
weil ich sie einzäunen,
anketten musste
Meinen inneren Strömen
werde ich mich
nicht mehr widersetzen
Ich lasse sie fließen
und gebe mich hin
wie ein Stück Treibholz

Annette Ayasse

Liebe Angelina,

hierauf kann und will ich nichts mehr schreiben. Die Poetin hat
alles in den Zeilen zum Ausdruck gebracht. Da haben wir dann
doch ganz schön geistige Arbeit zu leisten. Hoffentlich wird uns
die Realität nicht einen Strich durch unsere Rechnung machen.
Das heißt, Rechnung ist nicht so gut ausgedrückt. Mal sehen,
wie wir es verstehen, aufeinander zuzugehen? Wir gleichen
dauernd ab. Ich kann die Briefe schon nicht mehr alle beant-
worten. Ich schreibe mir Stichworte heraus und telefoniere lieber mit Dir darüber. Aber dann finde ich, Dir zu schreiben, auch
wieder spannend und gar nicht umständlich. Und ich freue
mich jedes Mal auf Post von Dir.
Bin nun wie Du auch schon etwas süchtig danach. Deine Briefe
stapeln sich. Ich lege gerade eine weiße Schuhschachtel an.
Und weil ich das liebe, habe ich ein rotes Band um Deine
Briefe gebunden. Als ob es reine Liebesbriefe wären. Manchmal müsste ich ein grünes, ein blaues, ein gelbes, ein weißes
oder ein schwarzes Band um einzelne Briefe oder inhaltlich
verwandte Briefe zusammenbändeln. Ist so schön äußerlich

und kitschig. Aber macht sich gut auf meinem Sideboard. "Ah, Liebesbriefe?" fragte mich neulich eine Agenturkollegin, die abends noch schnell mit zu mir nach Hause kam, um mit mir Korrekturfahnen zu lesen. Ich mag das gar nicht, abends noch im Privatbereich weiter zu arbeiten, aber ich bin total im Stress. Habe gestern meiner Kindertheatergruppe angekündigt, dass unsere Proben zwei Mal ausfallen müssen. Und ob sie nicht mal einen ganzen Samstag für unser Theaterstück opfern könnten, sonst wird des knapp werden mit unserer Aufführung am 20. November.

Tagsüber renne ich von einem ersten Plansboard für meinen Kunden mit der Katzennahrung zum anderen Refinal board für das Teppichkehrset- Sortiment. Und unsere Vorbereitungen für die Sauna-Seife - Präsentation endet in einem Pre Product-Meeting um 17 Uhr. Die Herren Chemiker sind dabei. Und wenn wir Werbeleute fragen, was ist denn da alles drin in dieser neuen Sauna-Soap, dann führen sie uns alle möglichen scho-nenden und wohltuenden Ingredienzen auf. Wir bekommen ein Probestück, riechen dran und sagen, der Duft ist aber nicht sehr vordergründig dominant. „Okay" antworten sie, „dann erhöhen wir den Parfüm-Anteil und die Sauna-Seife hat die passende Duftnote".

Zur Zeit landen so viele Korrekturfahnen auf meinem Tisch, sie fallen wie Herbstblätter vom Baum und ich träume davon, wie sie mich taumelnd vom Himmel schaukelnd sanft zu Boden drücken und ich im Korrekturfahnen- Salat ersticke. Übrigens die Agentur-Mieze, wie hier manchmal Kollegen sagen, ist in meiner Kontaktgruppe. Du brauchst Dir keine Sorgen zu machen.

Ich tanze nicht auf allen Hochzeiten. Dir Briefe schreiben und mit ihr "Korrektur" lesen? (Wer weiß, was Du nun denken magst, denk bitte nicht, „ach so nennt man das jetzt?") Ich habe ihr meine Zeitnot geklagt und da bot sie sich einfach an. Übrigens, sie ist in festen Händen. Und da ich für ihre Ansprüche sowieso nicht die Position habe, um ihr täglich Kaviar und Sekt zu servieren, bin ich für diese Ehrgeizige sowieso kein Fall für eine gewinnbringende Einfang-Aktion. Sie ist keine Spinne, die auf mich lauert, im Netz sitzt und nur noch auf mich starrt. Diese Spezies Frau gibt es natürlich zuhauf. Sie mag mich, ist kameradschaftlich und schäkert gern mit mir. Wir arbeiten hier sehr leger zusammen und helfen uns gegenseitig. Wir sind kein übliches Büro mit Ärmelschonern. Wir sind Menschen, sehr aufgeweckt und manchmal voller Schabernack. Das brauchen eben kreative Leute!

Dein Jan

Ich denke an Dich und hoffe wir sehen uns endlich!!

Per Fax

Angela Allmendinger   Ganz eilig - 25. Juli!

Stoppe bitte Speyer!
Ruf mich sofort an. Ich habe eine andere Idee, wo wir uns treffen sollten!

Lieber Jan,
liebster Jannie-Agentur-Hase,

ich freue mich ja schon !narrisch! drauf! Aber halt, - leider konnte ich Dich nicht telefonisch erreichen, wo steckst Du immer nur? Immer noch beim Korrekturlesen? Hast Du Dein Telefon unter ein Kopfkissen gesteckt? Also, ich will mal nicht spekulieren. Dir einfach vertrauen. Danke für Deinen inhaltsreichen Brief. Den bringe ich mit zu unserem zweiten Treffen. Annette Ayasse finde ich sehr interessant. Das Buch will ich haben. Besorge es mir bitte - Du bekommst das Geld dann gleich wieder.

So, und jetzt kommt was ganz anderes:

Kannst Du Speyer absagen und direkt zu mir nach München kommen? Ich habe mir nochmals alles gründlich überlegt. München, das ist doch endlich mal was Tolles für einen Wasserkantler - und vor allem was für uns beide. Unser erstes kurzes Treffen war noch so unbekannt, nervös, aufregend und schrecklich schweißtreibend vor Spannung, wie wir wohl aussehen. Wie wir sein werden, wenn wir uns gegenüber stehen! Jetzt wissen wir, wer auf uns zukommt. Unsere weiteren Briefe haben das Vertrauen vertieft und Vertrautheit wachsen lassen. Also, komm in mein Netz, ich will Deine lauernde, auf Dich starrende Spinne sein und Dich bei mir einspinnen, ohne Dich zu verspeisen.

Ich will Dich auf meinem Territorium empfangen, sämtliche Glocken läuten lassen und von der Kanzel verkünden lassen, Jan Troje kommt ins Bayernland! Empfangt ihn gebührend. Sammelt flache Steine für uns beide. Damit wir am Ufer der Isar diese steinigen Flachen übers Wasser flitzen lassen können. Hier kenn' i mi aus! Mei Batzi, da host nix zu meld`n. Do bist mei Gast! Hier wollen wir mal die Überschrift meiner Anzeige (oder Headline wie Du sagen würdest) in die Tat umsetzen. Und nachdem wir ja immer noch reine Schreibende und Theoretiker sind, möchte ich Dir vorschlagen, komm einfach hierher. Kein Hotel, kein Schwimmbad, kein sonst irgendwas!

Sondern, egal welches Wetter - es soll ja sommerlich warm werden - einfach an der Isar endlich die flachen Steine übers Wasser springen lassen. Es gibt auch Stellen, wo wir baden können. Kennst Du den Englischen Garten und die Pinakothek? Oder gar das Kriegsmuseum? Und sicher immer noch nicht das Hofbräuhaus und das herrliche Rathaus? Und einen Abstecher ins Schwabing? Ich verspreche Dir Weißwürstel mit Senf und Brez' n bis 11 Uhr als bayuvarisches Katerfrühstück. Du kannst bei mir übernachten. Wir riskieren Wirklichkeit, bei einem von uns beiden, an einem vertrauten Ort. Und das nächste Mal dann bei Dir?

Du zeigst mir danach im Herbst Hamburg? Du schwärmst immer vom Kaffeetrinken an der Binnenalster bei Bobby Reich und von Planten un Blomen. Und Du hast mir schon das Weltwirt-schaftsarchiv schmackhaft gemacht, damit ich mal Daten über meine Sehnsuchtsländer genauer studieren kann. Ich mache den Anfang, komm sei kein Frosch oder gar ein röhrender See-löwe! Ich beteilige mich am Benzin oder am Flug in meinen Süden.

Ist das was? Ich brauche dann auch meine geliebte Gitarre nicht bis nach Speyer zu schleifen, sondern könnte sie hier aus der Hülle holen und auf Dich einstimmen. Mir ist ein neues Lied für Dich eingefallen.

Also nochmals! Storniere! Du willst doch immer eine impulsive und auch "etwas" dominante Frau. Sollten beim Hotel in Speyer Stornogebühren anfallen, Halbe - Halbe, okay? Ruf gleich zurück. Ich versuch `s inzwischen auch.

Ich freue mich wahnsinnig auf Dich!

Deine langsam immer mehr spinnert gewordene

Angie

TELEGRAMM   26. Juli 1985

HALLO ECHT VERRÜCKTE STOPP HABE ALLES STORNIERT STOPP KOMME MIT LUFTHANSA LH 568 STOPP ABFLUG HH 11.35 STOPP ANKUNFT MUE 13.05 STOP DEIN JAN.

Angela Allmendinger   30. Juli 1985

Lieber Jan,

ich hoffe, Du bist daheim wieder gut angekommen. Ich habe
mir echte Sorgen gemacht, weil Du Dich bei Deiner Rückkehr
nicht gemeldet hast. Ich habe Dich telefonisch auch nicht
erreicht. Und warum hast Du nicht angerufen? Ich hatte ganz
vergessen, Dich darum zu bitten, Dich kurz zu melden. Eigentlich, ja eigentlich habe ich erwartet, dass Du wenigstens Dich
kurz von selbst meldest. Aber Du bist stumm! Deshalb schreibe
ich Dir. Oder bist Du schon wieder im Agenturfieber mit Prä-
sentieren und überwachen von Terminen? Und mit Briefings an
Texter und Grafiker? So langsam verstehe ich Deine berufliche
Sprache. Und Du hast mir ja am Wochenende so viel an der
Isar davon erzählt, dass unser "flache - Steine - springen - lassen" bald wirklich zu kurz gekommen wäre. Wenn ich nicht darauf geachtet hätte, Dich aus Deinem Agenturtrott heraus zu
reißen, wärst Du unserem Anliegen, am Ufer eine Zweisamkeit
zu finden, wohl nicht näher gekommen! Sind wir uns näher
gekommen? Ich glaube schon.
Obwohl ich jetzt etwas in Sorge bin, was mit Dir los ist, will
ich Dir schreiben wie Dein Besuch, unser Zusammensein für
mich war.
Lieber Jan, es war einfach wonnig mit Dir! Dein Dasein! Unser
erfrischender Begrüßungstrunk, Deine Freude über die herrliche Aussicht auf weidende Kühe und die silhouettenhafte, tief-
blaugrüne Kette der Alpen in der Ferne.
Ganz toll fand ich die Reitstunde. Du sitzt ja sehr passabel
hoch zu Ross. So leicht und doch auch sehr energisch. Dein
Schimmel ging mächtig vorwärts. Ich kam mit der braunen
Schulstute gar nicht mehr mit. Unser Pas de Deux - Versuch,
nebeneinander zu reiten, zeigte mir, wie viel Einfühlungsver-
mögen Du auch vom Sattel aus zeigst. "Bremsen und Gas
geben" und vor allem in den Ecken muss der innere Reiter sein
Pferd zurücknehmen, damit beide auf gleicher Höhe bleiben.
Für das, dass wir noch nie nebeneinander geritten sind, war

das schon eine Meisterleistung, die ich noch nie mit einem Mann erlebt habe.

Das will ich mehr und mehr mit Dir erleben. (Und natürlich auch noch viele andere Dinge) Wir sollten auch mal ausreiten. Du weißt, welch ein Rausch das ist, im Herbst über einen Stoppelacker zu fliegen.

Du hast ja auch schon kleine Turniere geritten und an Herbstjagden teilgenommen. Man merkt es Deinem guten Sitz an. Der Unterschenkel könnte bei Dir manchmal mehr Ruhe bewahren. Achte mal darauf. Und Fußspitzen nach innen! Was mich sehr verwunderte, war, dass wir im Wohnzimmer nebeneinander auf der Sitzcouch saßen und Du den Arm um mich legtest und kurz darauf keine Antwort mehr gabst. Du warst wie eingeschlafen. Das, was in den Briefen immer zum Ausdruck kam, dieses miteinander beieinander sein, in körperlicher Nähe und Berührung, trat so schnell ein. Die Sehnsucht, uns gefunden zu haben! Dasein, mit Fleisch und Blut. Wie hast Du es empfunden? Nicht so wie ich? Ich fühle etwas Seltsames heraufgrauen. Vielleicht bist Du enttäuscht? Weil Du nicht spontan antwortest! Habe ich irgendetwas falsch gemacht?

Ich warte jetzt einfach mal Deine Reaktion ab, bevor ich in meiner hellen Begeisterung weiter schreibe. Manchmal kamst Du mir wie abwesend vor. Bei unserem lockeren Spaziergang im Englischen Garten, fiel mir auf, dass Du verschiedenen Damen nachschautest. Verstehe ich ja, die sehen ja hier besonders aufreizend aus! So eine willst Du bestimmt nicht neben Dir haben. Eher in ihrem Bett und dich wieder davonschleichen. Aber so sind die Mannsbilder halt. Die ewigen Gucker und Begehrer! Die Krone der Schöpfung? Ich glaube, ich bin jetzt schon eifersüchtig. Ich schaue dort hin, wo auch Du hinschaust! Statt Dir die Freiheit des Blickes zu lassen.

Am Chinesischen Haus fiel es mir besonders auf, dass Du eine fast Nackte mit den Augen verschlungen hast; ihren Po und die Beine und die römischen Schnürsandalen fand ich ja auch wirklich aufreizend, mit Sonnenbrille auf dem Kopf drapiert. Und die ganze Offenherzigkeit, irgendwie anbiedernd primitiv. Aber Ihr Männer mögt wohl derartige Schlampen?

Die Frau als Schlange der Verführung. Armer Adam. Armer Jan? Ein Opfer des angeborenen automatischen Mechanismus (AAM), wie Konrad Lorenz seine Viecherl erklärt. Oder provoziere ich Dich nur, weil ich wegen Deines Schweigens unsicher bin? Du bist ja immer für Überraschungen gut. Jedenfalls will ich Dir nochmals ganz herzlich danken für das tolle Wochenende bei mir. Verhungert und verdurstet bist Du ja nicht. Und Du hast gestaunt, was so eine Akademikerin auch Praktisches zu Wege bringen kann - nicht bloß tolle Noten.

Und ob Du es lesen magst oder nicht, wir sind uns doch ziemlich nahe gekommen. Als wir am zweiten Abend auf meinem Bett lagen, das Radio Kuschelrock schmuseleicht servierte, da strömte ich fast über. Du kannst so zärtlich sein mit Deiner Hand. Aber auch sehr frech auf Entdeckungsreisen gehen. Es prickelte bei mir durch und durch. Und erst als wir unter der Decke nackt waren, wäre ich beinahe ausgeflippt. Ich spürte Dich und es war mir wonnesam angenehm wohl in meinem Körper. Ich hörte mein Herz richtig schlagen. Der Verstand war ausgeschaltet. Du duftetest so gut! Davidoff? Oder Bogner au de Toilette?

 Ich bin da mit Herrenwässerchen after shave und pre shave nicht sehr bewandert. Du hättest mich ganz haben können - zum Kuckuck mit meinen Barrikaden und Versteckspielereien. Ich wollte Dich! Und Du? Wo warst Du? Spieltest Du womöglich den Therapeuthen? Statt einen echten Liebhaber? Hast Du mich lieb? Liebst Du mich so wie ich bin?

Oder nur in meinen Briefen? Ich hätte weinen können vor Glück. Aber ich wunderte mich still versonnen, warum springt er nicht an? Ein Mann, ein Mann! Merkt er nichts, fühlt er nicht meinen heißen Körper, der wie zum Zerspringen war? Reif für eine körperliche Zweisamkeit, gegenseitig sich ergänzend wie zu einem Körper?

Bist Du dann deshalb mit mir auf den Balkon herausgetreten, um in der lauen Vollmondnacht die Sterne zu zählen und uns abkühlen zu lassen? Deine Küsse waren weich, zärtlich, aber nicht gierig, sondern nur behutsam wie in einem Lehrfilm für die Liebe! Ich dachte daran, Dich darauf anzusprechen, aber meine Zunge war wie festgewachsen und der Mund kam mir trocken vor. Du holtest eine Decke, zündetest drei Teelichter an und brachtest den gekühlten Weißwein. Der erste Schluck in dieser Nacht war so labend und köstlich. Wie Wein im Guten wirken kann, Zauber und Faszination für den Gaumen und alle Sinne belebend. Hast Du dies nicht gemerkt? Was mit mir, mit uns los war? Du, der Erfahrene? Bist Du so anständig? Dass Du auf mich Rücksicht nimmst? Oder hat Dich meine Moralstrategie, erst in der Ehe, blockiert? Vermutlich. Ich habe mich hin und her gewälzt, in die Kissen geweint und Dich in Gedanken neben mir gesehen, habe jede Minute unseres Zusammenseins hier immer wieder in Gedanken und Erinnerungen nachzuvollziehen versucht. Dein Schlafanzugoberteil hängt noch im Bad. Ich habe meine Nase hineingesteckt, als ob Du vor mir stehen würdest. Aber Du warst längst auf dem Rückflug nach Hamburg. Hoffentlich kommt er gut heim, meldet sich, ruft an und ist genauso beseelt wie ich.

Auf dem Garderobensideboard liegen immer noch einige flache Steine, die wir vor zwei Tagen an der Isar gesammelt hatten. Wie schnell die Stunden verflogen sind? Warum rufst Du nicht an? Bevor ich platze, werde ich es tun und wissen wollen, ob Du gesund und munter wieder in Deinen Gefilden weilst.

Lieber Jan, bitte melde Dich! Ich kann das nicht ertragen. Es ist auch nicht fair, mich so viele Stunden nach unserem Treff so lange schmoren zu lassen. Oder übernachtest Du jetzt in der Agentur? Schreibe, wenn sich was verändert haben sollte. Ein kurzer Anruf wenigstens, wie es Dir geht und dass ich mir um unsere Beziehung keine Sorgen machen soll. Das wäre das Schönste.

Deine Angela

Postkarte Freitag, 2. August ´85

Hallo, Jan,

was ist nur mit Dir los? Du antwortest nicht! Bist Du krank? Aber dann könntest Du doch kurz anrufen! He, Jan! Irgendetwas stimmt nicht mit Dir! Stimmt's? Bitte gib ein Funk! Du wolltest doch wissen, wie der Autor heißt und sein Buch, aus dem ich die Gedanken vom "Wort zum Sein" entnahm. Der Autor heißt Gerhard Burzan, der darüber in seinem Buch: "Wege, die ich ging!" auch über das Schreiben von Liebesbriefen nachdachte. Es passte so gut auf uns.

Deine Angela

Jan Troje Samstag, den 3. August 1985

Liebe Angela,

ich habe nach meiner Ankunft hur demüde, gleich versucht, Dich zu erreichen. Es war belegt. Le der hast Du keinen Anrufbeantworter. Auf dem Rückflug war ich mit allen Eindrücken unserer Wochenendbegegnung allein. Ja, es war schon ein schönes Wochenende bei Dir und ich danke Dir für alle Deine Aufmerksamkeiten ganz herzlich! Und die Einladung zum Spanferkel-Essen mit Sauerkraut mit echt bayerischem Löwenbräu - Bier. Ich habe dann nicht mehr angerufen. Das heißt, ich hatte den Hörer mehrere Male in der Hand. Ich legte wieder auf. Hatte ein schlechtes Gewissen, Dich so hängen zu lassen. Klar, dass man dann nochmals zurückruft. Gerade, weil es so gut war. Aber ich spürte erstmals so eine Art Fessel. Alles plötzlich zu wunderschön. Wie inszeniert! Jetzt aber muss es klappen, sonst wären alle Briefe und Telefonate für die Katz gewesen. Ich sah plötzlich eine Reihe von Ereignissen vor mir: Bewerben nach München, zusammenziehen, heiraten. Und in der Wohnung einen extra Raum für Deinen Bibelkreis einrichten. Oder einen Andachtsraum. Als wir ins Wasser schauten und nach Küssen, die erstmals so besonders stark waren, begannst Du mutig in die Zukunft zu stapfen, beseelt von einer Gewissheit, dass es jetzt etwas mit uns werden würde. Endlich raus aus der Kälte und Ängstlichkeit. Hinein ins Leben! Einige heisse Umarmungen, eine fast erlebte beinahe sexuelle Hingabe und nun bereits in festen Händen. Ich hätte anrufen sollen: "Hallo Schatz, bin wieder gut gelandet!" Das brachte ich nicht fertig. Das lähmte mich! Jetzt hat die "Falle" zugeschnappt! Dabei weiß ich nicht mal, ob wir uns auf Dauer verstehen würden. Also Flucht nach vorn und ins Schneckenhaus. Und nicht mehr hören, wie dankbar Du Deinem Jesus warst, dass er uns ans Ufer der Isar führte. Ist das nicht Bigotterie? Etwas, was ich nicht vertragen kann. In der Kirche mitarbeiten. Ja. Aber daheim willst Du einen extra Raum in einem großen Einfamilienhaus einrichten. Und dann kommen ständig diese Bazar- und Spendenaktivisten, blättern in der Bibel und ich setz mich ins Auto und fahre schnell davon. Kann denn zwischen uns nicht auch mal Leben sein? Ohne auf Schritt und Tritt Deine Glaubensbotschaften hören zu müssen? Immer wieder Deine große Dankbarkeit IHM gegenüber!! Er ist immer dabei!! Willst Du ständig zu dritt leben?

Ich wollte nichts mehr hören und sehen! Nicht schon wieder telefonieren! Nicht gleich wieder weiter schreiben! Zwischen unseren Briefen liegt das erste Treffen, das ganz kurz war. Und noch ohne Enttäuschungen. Dann die Fortsetzung unserer Briefe. Ein weiter geführtes Aufflammen der Begeisterung und Anziehung. Brief auf Brief folgte, überschlugen sich förmlich. Stoßseufzer: Ja, wenn, wenn wir nur so wären wie in unseren Briefen!

Und nun von Freitag bis Montag ein Bilderbuch-Wochenende zum Träumen, Lachen und flache Steine über die Isar hüpfen lassen. Und doch bin ich so genervt, dass ich nicht weiß, wie ich mich Dir gegenüber verhalten soll. Ich komme mir auch unheimlich schäbig und verlogen vor, weil ich das, was ich bei Dir spürte und das, was wie ein Vorhang fiel oder wie

Schuppen von den Augen, mich ziemlich erschlagen hat. Nur nicht Deine Stimme hören. Bloß nicht schreiben. Abstand.

Mein ganzes Inneres war hin und hergerissen, von den Bildern der gemeinsamen Stunden und von den Erkenntnissen, dass wir ja in der Realität ganz andere Menschen sind. Menschen, die sich finden wollten und doch auf ihren Standpunkten festgeklebt sind. Mit dem Alter kann das doch noch nicht zusammenhängen! Plötzlich eine Menge von Felsbrocken mitten auf dem Weg zum (vermeintlichen) Glück!

Was ist geschehen? Oder ist es gar nicht so schlimm?

Ziemlich geärgert hatte ich mich, als ich wiederum sehr intensiv - verzeih mir vielmals - Deinen Körpergeruch wahrnahm. Verzeih, verzeih, aber meine Empfehlungen hast Du ganz außer acht gelassen. Du bist ja nicht meine Tochter, aber die Deodorant-Empfehlung bei unserem erster Treffen dachte ich, hätte Dich für immer zur Einsicht gebracht, einen so auffälligen Geruch zu vermeiden. Ich weiß, dass Du nun aus allen Wolken fallen wirst, weil Du Dich selbst ja so nicht wahrnimmst. Es hat mich aber ziemlich desillusioniert. Und was ich auch nicht glaubte: Du hattest doch tatsächlich wieder die Hose Deines Bruders an. Du warst so gestrickt und jungenhaft alternativ.

Ich mag ja keine Schminkpuppe und wir hatten ja nichts Vornehmes vor. Und du wolltest Dich auch so geben, wie Du daheim bist. Das alles haben wir ja in unseren Briefen niemals bedacht. Das war nie ein Problem. Da gab es keine Beanstandung. Worte riechen nicht, haben ihren Klang und ihren Inhalt und sind nicht die Garantie für Gegenliebe und Verständnis. Dabei sind Deine Briefe immer so stark, dass sie mich jedes Mal in Bann ziehen.

Erschreckend war für mich wiederum erneut, dass Du alles in Gottes Hände legst. Dass Du sogar IHN fragst, ob Du mich anrufen sollst. Und ich kam Dir einmal zuvor, bevor Gott entschieden hatte. Gänsehaut, Wut und Zorn über soviel Jesus-Verbohrtheit. Wolltest Du nicht endlich einmal anfangen, das irdische Leben zu leben und nicht ständig nur fragen, Herr bin ich Dir wohlgefällig? Ich bin irgendwie enttäuscht.

Wenn ich darüber nachdenke, ob wir zusammenpassen, habe

ich starke Zweifel bekommen. Sicher, das Deoproblem ist wirklich kleinlich von mir! Bestimmt wird es Dich sehr ärgern, dass ich es hier überhaupt angeschnitten habe.

Wie soll ich Dir das alles nur erklären? Wir haben so viele Briefe getauscht. Über so viele Themen nachgedacht und uns mitgeteilt, was für uns wichtig wäre, wenn.... Und nun kommt bei mir so eine Art kalte Dusche. Oder eine gewisse Torschlusspanik, die ich eigentlich mehr Dir zugeordnet hatte.

Irgendetwas hat sich bei mir verändert. Die Gefühle sind nach diesem Treffen nicht stärker, sondern eher abnehmend. Ich bekomme immer wieder die Vorstellungen von Heirat mit Kapellenraum in der Wohnung für Deinen Bibelkreis (wie Du mal angedeutet hattest und es in München abermals betontest) und den vielen Begegnungen mit sicher liebenswerten Menschen aus Sri Lanka oder Nicaragua. Ich werde unsicher und mir schwindelt allein vor dem Gedanken, ich wäre nur die erste Zeit für Dich wichtig und durch Deine kirchlichen Aktivitäten, die ich sicher nicht gänzlich mit Dir teilen wollte, mehr und mehr ein verblassender Stern. Aber dann wären wir verheiratet. Und hätten wir ein Kind, würdest Du an Windeln gebunden sein und merken, welch "stupide Hausfrauenpflichten" auf Dich zukämen. Und als ich am Wochenende Deinen Haushalt sah - verzeih mit Verlaub - sah ich, dass Du ganz und gar kein Hausmütterchen bist. So eine "Nirosta-Putzerin" will ich ja auch nicht. Aber eine gewisse Ordnung, die ja zu zweit zu bewältigen wäre, hätte ich schon gern.

Also, wenn ich Deine Wohnung sehe, würde ich am liebsten gleich mal richtig aufräumen, die Fenster putzen, viele Blumen und Gewächse kaufen, einen Kanarienvogel trällern lassen und geruhsam auf ein Aquarium schauen. Dein Kühlschrank, na ja, da vergeht mir der Appetit. Du hast Dich gewundert, dass ich bei Dir so wenig Hunger hatte. Deshalb schlug ich Dir vor, dass Du nichts kochst und wir lieber in München, Stadtmitte, bayerisch deftig zu Mittag essen. "Warum hast Du nichts gesagt?", wirst Du mir vorwerfen. "Alles steckst Du jetzt in einen Brief hinein und ich muss sehen, wie ich mit Deinen Vorwürfen klar komme!"

Du siehst, ich bekomme Angst vor der Nähe und Zweifel für unsere Beziehung, die auf Briefen aufgebaut ist und nicht rechtzeitiger "Alarm" geschlagen hat. So eine Entfernung ist halt so eine Sache. Eigentlich bin ich ja der Schuldige, der sich auf eine Entfernungs-Romanze eingelassen hat. Die Anziehung war sofort da. Die Fotos allein gaben keinen Anlass zu einem Abbrechen der Beziehung von vornherein. Im Gegenteil. Sie verstärkten auch das körperliche Interesse. Du wirst vielleicht sagen: "Wenn es Dir so ging wie mir – ich hatte mich zu sehr in Dich verliebt – wäre Dir die Entfernung genauso schnuppe gewesen." Und Du würdest vorwurfsvoll weiter zu mir sagen: "Jan, Du bist nicht aufrichtig, Du hattest sogar die Überlegung angestellt, nach München in eine Werbeagentur zu wechseln. Und nun?"

Ich will Dir den Wind aus den Segeln nehmen? Jein. Ich will nur um möglichst viele Ecken denken und nicht einfach aus einer Verstimmung heraus mich verabschieden. Ist es gleich ein Abschied? Braucht es etwas Abstand? Ein erneutes Treffen, um sich auszusprechen? Das Briefe schreiben ist jetzt total ungeeignet und führt jetzt nur zu mehr Verwirrung und Schmerzen. Ich habe ja schon wieder viel zu viel geschrieben. Und Du kannst nicht gleich antworten, nach Luft schnappen, mich unterbrechen, mich ansehen, wenn ich die Augen niederschlage oder Deine Einwände wieder aufheben wollte.

Ich höre jetzt einfach auf. Antworte bitte nicht gleich mit allen berechtigten oder unberechtigten Vorwürfen. Lass uns besser miteinander telefonieren! Und lass uns mal für eine kurze Zeit einen Abstand einlegen.

Nicht mehr sofort von Partnerschaft und Zukunft reden. Sondern das jetzt mal wirken lassen, was es bisher war. Ich will jetzt nicht meine Agentur verlassen und in München die Werbeagenturen abklappern wie ein Bittsteller, während ich hier gut im Sattel sitze. Unsere Beziehung ist mir zu kompliziert geworden und zu sehr bestimmt von Deinem Gott, den ich nicht so empfinde wie Du. Du wärst einsam mit Deinem Gott - und mit mir. Und Du würdest Dich wahrscheinlich noch mehr in Deinen Bibelkreis flüchten. Wir würden uns entfremden und in einer Zweisamkeit doch wieder eigene Wege suchen. Ich weiß, es ist jetzt schwierig das zu begreifen. Ich bitte Dich, uns etwas Abstand zu gönnen, um zu sehen, was sich aufgebaut hat. Wie weit das Pflänzchen gewachsen ist, ob es vertrocknet ist? Oder nur wieder mehr Wasser, Luft und Sonne braucht!

Ich grüße Dich traurig und zerrissen

Jan

Angela Allmendinger   27.10.1885

Lieber Jan,

meine letzte Karte neulich habe ich (teilweise) heulend geschrieben. Dein Brief hat mich so sehr zum Weinen gebracht.... Also so geht das doch nicht! Das ist doch kein Zustand, kein würdiger Abschluss!. Deswegen will ich versuchen, nochmals "vernünftig" zu schreiben. Anrufen mag ich Dich jetzt im Moment auch nicht, denn ich bin einfach nicht in der Lage, mit Dir zu reden.
Ich verurteile so einen Brief nicht, aber ich musste nicht nur weinen, sondern erst mal schlucken und schlucken.... Die Karte hatte ich am Montagabend nach Deinem Abflug geschrieben, nach Schule und Chor. Ich war völlig fertig!! Ich hätte ja abwarten können, bis ich besser im Gleichgewicht gewesen wäre, aber da hatte ich ja von Dir noch keine genaueren Mitteilungen. Aber es war wohl auch gut, so ehrlich zu sein; ich erlebte deutlich, dass mir alles zuviel geworden war. Dass Du nun ähnlich traurig und betroffen zurück schreibst, hat mich erst mal ziemlich umgehauen, so dass ich nicht gleich antworten mochte. Aber ich kann vieles einfach auch so nicht stehen lassen. Es soll sich keine Anklage oder Selbstanklage festfressen. Es war/ist wie ein Schock für mich. Wieder ohne Dich?

Du warst nicht "hart zu mir"! Deine Unnahbarkeit an manchen Stellen war ehrlich und hat mir eher geholfen, klarer zu sehen. Was mir Schwierigkeiten gemacht hatte, war, dass Du nett zu mir warst, fürsorglich, meine Einladung überhaupt angenommen hast.

Ich bin eine Frau, in einem bestimmten Alter, in einer bestimmten Situation. Ich kann es nicht abstellen, dass bei gewissen Signalen, ob es vernünftig ist oder nicht, die Illusion von Zweisamkeit hochkommt. Als wir tatsächlich an der Isar am steinigen Ufer nebeneinander saßen und auf den vor sich hinträumenden Fluss schauten, fühlte ich wie nie zuvor Seelenverwandtschaft mit Dir. Und als Du plötzlich aufsprangst und mich an meine Anzeige erinnertest, stieg etwas Vorsicht in mir auf. Und doch vergaß ich diese wieder, weil Du so herrlich "Wauwau" spieltest, um flache Steine aufzuschnüffeln.

Du kannst so schön spontan sein. Voller Temperament und Lebensfreude! Da war meine sekundenschnelle Vorahnung verflogen und ich dachte, warum immer nur Angst haben, es könnte alles doch ganz schnell aus sein. So scheint es mir nun nicht nur - es ist die rauhe Wirklichkeit. Der Glaubensbruder, für den ich Dich auch hielt, will gar nichts von mir und meinem "Jesus-Gesülze" wissen. Er will leben, stürmisch sein und nicht von einer Jungfräulichen in den heilgen Schrein gestellt werden.

Dabei tue ich das ja auch nicht. Aber es kommt mir so vor. Ich himmle Dich an und vergesse mich dabei ganz. Ich entfalte mich nicht, bin unnötig gehemmt vor Dir, und weiß nicht warum! Die Zweisamkeit an der Isar? Ein toller Traum brach zusammen. Ein Scherbenhaufen! "Glück und Glas, wie leicht...". musste ich denken, als ich Dir schrieb.

Gut, oder auch nicht gut, Du warst wieder total von mir enttäuscht. Meine Frisur, ich hatte wieder die Hose meines Bruders an und seinen Pulli. Ich bin nicht die gestylte angemalte Wohlstandsschickse, die Du vielleicht unterschwellig manchmal gern hättest. Eine, die viele Erfahrungen hat und so richtig ordentlich verdorben ist. (In bezug auf mich erlaube ich mir das zu schreiben) Du kannst meine reinen Gefühle für Dich nicht aufnehmen, sie nicht als Geschenk empfinden. Mein Schweißgeruch hat Dich so durcheinander gebracht? Es ist mir nicht aufgefallen an mir. Beziehungsweise, ich habe es nicht bewusst gerochen. War es wirklich so schlimm? Das kann doch mal passieren! Und Dein erstauntes Resumée: " Ich dachte, Du wärst so wie Deine Briefe!" Auf Distanz geht vieles allzu glatt! Ich hatte an Deinem Verhalten an dem Isar-Wochenende noch nichts bemerkt, weil ich so erfüllt war von Dir. (Obwohl mich auch manches an Dir ärgerte. Aber es war von Dir so dahin gesagt und so banal, dass ich es nicht ernst nahm, auch wie Du mit der drallen Kellnerin kokettiertest als sie Dich in ihren Ausschnitt gucken ließ.) Aber wenn man sich wirklich liebt, sind das nur Seitenblicke.

Ich bin eifersüchtig und schaue nun mal in die Richtung, wo auch Du hinschaust. Das hat dich gestört? Ich habe gemerkt, dass Du doch in einer anderen Welt zu Hause bist als ich. Und dass wir nicht zueinander passen. Du schreibst, Du könntest nicht mit mir leben. Und ich muss schreiben, auch ich hätte manchmal meine Schwierigkeiten mit Dir! Es ist so schade!! Ich wollte es ja lang genug nicht glauben, weil eben auch so viel Positives, Schönes da war, was ich am liebsten festgehalten hätte.

Ein Tipp, versuch doch, Dich besser vor den negativen Eindrücken und Gefühlen zu befreien. Friss nicht alles so tief in Dich hinein und lass Dich von ihnen nicht zu sehr beeindrucken.

Es hat mich sehr traurig gemacht, dass Dich Worte des Glaubens, die für mich Trost, Zuversicht, Befreiung von Ängsten, Lebensfreude bedeuten, nur in Wut auf die "Seligkeitsegoisten" gebracht haben. Wer so ein verurteilendes Schlagwort in die Welt setzt (Du hast es glaube ich sogar von einem Geistlichen zitiert?), sollte ganz vorsichtig sein und sich fragen, ob er damit nicht den Menschen die Erfüllung eines elementaren Grundbedürfnisses missgönnt (oder diese Interpretation als Missverständnis in Kauf nimmt, wo er doch nur die Übertreibung anklagen will). Wir sind so geschaffen, dass wir Hunger bekommen. Sind wir deshalb Nahrungsegoisten? Das Essen gibt uns Kraft zum Leben und auch dafür, für andere dazusein. Auch, wenn jemand sagt "wer schenkt mir schon mal was?", würdest Du den gleich als Egoisten beschimpfen? Und indem ein Mensch nach "Seligkeit" strebt, d.h. nach dem Willen Gottes fragt und um die Kraft bittet, ihn zu erfüllen, ist er zwar ein "Egoist", weil es ihn "selig" vor Freude macht, aber das ist ein Egoismus, der ihn zur Liebe befähigt, weil er zunächst mal diese Freude für sich angenommen hat und damit sich selbst kein Problem mehr ist, sondern frei wird vom Ego, frei für die anderen. Du wolltest auch mir helfen...Danke!!!! Meinst Du, es war alles umsonst? Ich glaube, ich bin ein ganzes Stückchen erwachsener geworden.

Jan, lieber Schneckenhausmann, wenn Du Dich über mich geärgert hast, nimm es doch so, dass ich (auch) versucht habe, Dir zu helfen (selbst dann, wenn es oft ungeschickt war oder nichts gebracht hat).

Ich akzeptiere - was bleibt mir anderes übrig - Deine neue Entscheidung! Ich habe natürlich weiterhin eine Fülle guter Wünsche für Dich, für Dein Wohlbefinden, für Deine Arbeit in der Werbung und für all Deine Sehnsüchte, Wünsche und Ziele. Ich bin Dir niemals böse gesonnen (hoffe, Du mir auch nicht!?!); es wird mir auch nicht so schnell gelingen, Dich einfach so "laufen zu lassen", als ob Du mir egal wärst, obwohl ich mich weiter umgucken will/muss.

Es bleiben mir noch ein paar Ferientage für die Erstellung der Abituraufgaben und nächstes Wochenende ist ein zehnjähriges Jubiläum der Marseille - Stipendiaten in Wiesbaden. Ich glaube, ich haushalte lieber ein bisschen mit meinen Kräften. Und suche neue Kraftquellen.....Jan, ich mag Dich immer noch!

SCHADE, dass es mit uns nichts geworden ist. Vielleicht kann ich Dir, wenn Du möchtest, jedenfalls eine Kameradin aus der Ferne bleiben?
Lass Dich noch einmal umarmen
von Deiner

Angela

Und noch was:
Das niedliche Pflänzchen, das ich Dir auf Deinen Heimweg damals mitgab? Blüht es noch? Das symbolische Pflänzchen, das ich zu Beginn unserer ersten Begegnung wachsen sah und liebevoll begießen wollte. Lass es nicht vertrocknen. Egal, wie Du Dich letztlich entscheiden wirst. Eine Beziehung braucht ja mehr als nur Wasser, Luft und Sonne. Sie braucht verzeihende Liebe, die man(n)/frau nicht erzwingen kann. Und wenn Du aus dem Tief mit Dir, mit mir wieder etwas raus bist, und es Dich noch einmal bewegt, nicht sang- und klanglos fern zu bleiben und für alle Zeiten zu schweigen, dann ruf an, wann immer Du willst.

Ich bete für Dich.

Klingsor an Edith

Lieber Stern am Sommerhimmel!
Wie hast Du mir gut und wahr geschrieben, und wie ruft Deine
Liebe mir schmerzlich zu, wie ewiges Leid, wie ewiger Vorwurf.
Aber Du bist auf gutem Wege, wenn Du mir, wenn Du Dir selbst
jede Empfindung des Herzens eingestehst. Nur nenne keine
Empfindung klein, keine Empfindung unwürdig! Gut, sehr gut
ist jede, auch der Hass, auch der Neid, auch die Eifersucht,
auch die Grausamkeit. Von nichts andrem leben wir als von
unsern armen, schönen, herrlichen Gefühlen, und jedes, dem
wir unrecht tun, ist ein Stern, den wir auslöschen.
Ob ich Gina liebe, weiß ich nicht. Ich zweifle sehr daran. Ich
würde kein Opfer für sie bringen. Ich weiß nicht, ob ich überhaupt lieben kann. Ich kann begehren, und kann mich in
andern Menschen suchen, nach Echo aushorchen, nach einem
Spiegel verlangen, kann Lust suchen, und alles das kann wie
Liebe aussehen.
Wir gehen beide, Du und ich, im selben Irrgarten, im Garten
unsrer Gefühle, die in dieser üblen Welt zu kurz gekommen
sind, und wir nehmen dafür, jeder nach seiner Art, Rache an
dieser bösen Welt. Wir wollen aber einer des andern Träume
bestehen lassen, weil wir wissen, wie rot und süß der Wein der
Träume schmeckt.
Klarheit über ihre Gefühle und über die »Tragweite« und Folgen ihrer Handlungen haben nur die guten, gesicherten Menschen, die an das Leben glauben und keinen Schritt tun, den
sie nicht auch morgen und übermorgen werden billigen können. Ich habe nicht das Glück, zu ihnen zu zählen, und ich
fühle und handle so, wie einer, der nicht an morgen glaubt und
jeden Tag für den letzten ansieht.
Liebe schlanke Frau, ich versuche ohne Glück meine Gedanken
auszudrücken. Ausgedrückte Gedanken sind immer so tot! Lassen wir sie leben! Ich fühle tief und dankbar, wie Du mich verstehst, wie etwas in Dir mir verwandt ist. Wie das Buch des

Lebens zu buchen sei, ob unsere Gefühle Liebe, Wollust, Dankbarkeit, Mitleid, ob sie mütterlich oder kindlich sind, das weiß ich nicht. Oft sehe ich jede Frau an wie ein alter gewiegter Wüstling und oft wie ein kleiner Knabe. Oft hat die keuscheste Frau für mich die größte Verlockung, oft die üppigste. Alles ist schön, alles ist heilig, alles ist unendlich gut, was ich lieben darf. Warum, wie lange, in welchem Grad, das ist nicht zu messen.

Ich liebe nicht Dich allein, das weißt Du, ich liebe auch nicht Gina allein, ich werde morgen und übermorgen andre Bilder lieben, andere Bilder malen. Bereuen aber werde ich keine Liebe, die ich je gefühlt, und keine Weisheit oder Dummheit, die ich ihretwegen begangen. Dich liebe ich vielleicht, weil Du mir ähnlich bist. Andre liebe ich, weil sie so anders sind als ich.

Es ist spät in der Nacht, der Mond steht überm Salute.

Wie lacht das Leben, wie lacht der Tod!

Wirf den dummen Brief ins Feuer, und wirf ins Feuer

Deinen Klingsor.

Hermann Hesse

Interessieren Sie sich für die Kindheit des Autors?

Joachim Otto, 1941 in Lauban / Niederschlesien geboren, hat die Eindrücke und Erlebnisse seiner Kindheit nach der Flucht 1945 aus seinem Innersten 1997 in Ludwigsburg geschrieben und veröffentlicht.

Die Familie flüchtete nach Niederbayern und wurde in Obernzell bei Passau von einem katholischen Frauenorden, dem Kloster Obernzell, liebevoll aufgenommen.

Das Buch ist auch ein Zeitzeugnis für viele Heimatvertriebene, die damals unversehrt dem unerbittlichen und grausamen Schicksal entkommen konnten.

Der Titel "Maiandacht" ist die Rahmenhandlung für eine Retrospektive in die Kindheit.

Maiandacht
Eine Kindseligkeit in Niederbayern
erlebt und erzählt von Joachim Otto.

175 Seiten, 9 Euro inkl. Porto.
Direkt vom Autor zu beziehen.